DE L'EAU DANS TON VIN

Olivia Leray

De l'eau dans ton vin

Fayard

Couverture : Nuit de Chine
Illustration : Lola Faour

ISBN : 978-2-213-72144-6

« Avec des faux pas, des faux plis,
Chacun de nous porte sa vie à sa manière.
Quand on est beau au fond de soi,
un jour ou l'autre quelqu'un nous voit,
à sa manière. »

Dalida, « À ma manière ».

À ma mère, ma sœur,
À ma filleule pour la renaissance...
À mon futur enfant.
À la petite voix intérieure qui te crie que tu es spéciale, à tout ce que tu as dans le ventre.
À l'instinct.
À tous les spécimens rares, à tous les ovnis.
À la vie.

Je voulais pas commencer ce truc par « Je ». Le problème, c'est que, si j'écris ça, c'est pour soigner, décortiquer, vider, autopsier, muscler mon Je. Non pas que les mots d'Aimé Jacquet en 1998 soient ma seule réference, ou que mon « Je » soit un corps vide, un bout de viande avariée. Prenez ça comme un cours de pilates très très intérieur. Parce qu'au fond c'est ça qu'on cherche. Un bon « Je » pour un bon j'aime. Avant « moi j'aime » il y a « moi je ».

D'ailleurs, c'est fou les gens qui disent « rien de personnel, hein ». Ben si. Tout est personnel. Absolument tout. Rien d'égoïste. Mais personnel.

Cette histoire, c'est celle d'un homme qui n'a pas vécu sa vie comme il l'aurait voulu. Qui est passé à côté du meilleur sans faire exprès. Sans se révolter. C'est l'histoire d'un homme dont j'ai certainement adoré le début, mais qui, comme une envie pressante en plein film au ciné, a raté la suite. C'est l'histoire de mon père. Papa, c'est plein de tendresse, plein de gamelles, de failles, de crevasses, de précipices, plein d'abysses, de tsunami, et d'espoir.

Papa est alcoolique depuis bien avant ma naissance. C'est pas un gros mot. Pas une réponse à tout, pas une excuse non plus, pas un règlement de comptes. C'est un fait, établi, scientifique, prouvé, diagnostiqué. Papa n'a jamais enfilé son costume de père, même s'il a toujours avancé masqué. Papa a laissé maman tout faire. Papa a essayé de revenir. Papa a lâché l'affaire. Papa a perdu plein de choses à cause de trop nombreux degrés. Papa est condamné. Il n'est pas méchant. Il est malade. Papa est au téléphone, incapable de décrocher, papa n'est pas absent, il est sur répondeur.

J'en reviens au commencement de ce truc. J'ai toujours le vertige quand je vois la fin arriver, chez moi une chanson ne va jamais au bout, sauf « Les Vieux Amants » de Jacques Brel. J'peux pas finir une série et je laisse toujours un haricot sur le bord de mon assiette. Toujours une seconde, une minute et je rembobine, hop, au début, hop, au suivant. J'suis en grève de la fin.

Comme ça j'ai un peu l'impression que j'fais ce que je veux avec le temps.

J'ai écrit ça. J'ai jeté des mots. Ce ne sera sûrement pas long, tu l'as peut-être pris dans tes mains, ce truc, en disant « ça va, 200 pages ce sera facile à lire, parfait pour le TGV 0569 entre Lyon et Montpellier ».

C'est court, mais j'ai mis du temps. Quand je pense à tous ces gens qui disent avoir écrit aussi vite que le soleil se couche au mois de décembre, ben j'me dis que j'dois pas être bonne. Pas faite pour ça. J'suis même pas sûre d'avoir aimé ça. C'est brut, intime, c'est comme du verre pilé sous mes doigts. Comme les doigts de pied gelés avant de s'endormir. Comme marcher dans l'eau par terre dans la salle de bain avec des chaussettes propres. Peut-être que ce truc-là ne verra même pas le jour. Mais je voulais te dire à toi, petite, à toi future maman, à toi sous toute ses formes, qu'on n'est pas condamné à être des enfants de parent(s) alcoolique(s). On est tant d'autres choses.

Ce n'est pas dans les gènes, ça laisse des marques, mais ça vaut le coup, la vie ça vaut peut-être même encore plus le coup quand on est cabossé.

Si tu n'as pas commencé le chemin vers toi, si tu es en plein milieu, si tu as fait demi-tour parce que c'était trop dur, viens lire ce que je raconte, et si au bout de ces pages tu te dis que tu es moins seul, alors peu importe, succès ou pas, j'aurai gagné. Aujourd'hui moi je n'en pleure plus, alors j'ai décidé de le dire.

Prends ce livre, je te le confie, il est pour toi.

Cyrano, Havane et Rotonde

Dédaignant d'être le lierre parasite,
Lors même qu'on n'est pas le chêne ou le tilleul,
Ne pas monter bien haut, peut-être, mais tout seul...

Edmond Rostand, *Cyrano de Bergerac.*

J'ai jamais compris pourquoi tout le monde met des citations en début de chapitre. C'est quand même pas les autres qui disent mieux que toi ce que tu ressens, non ? En plus une fois sur deux c'est trop abstrait. Si j'avais mis « Le tabac, c'est tabou – Edmond Rostand », vous l'auriez cru ? Vous seriez allé vérifier ?

Bref. Ceci étant modestement dit, ce n'est pas ma guerre non plus, on peut en rester là. On reste là d'ailleurs, parce que le commencement il est là. Au Cyrano. Dans la Drôme. Oui, là où il y a toujours des bouchons sur l'A7 les week-ends d'été.

Le Cyrano n'a rien à voir avec la circulation estivale en accordéon. C'est un pub. Bar-jeux-resto. Une devanture vert sapin à l'époque. Le P de pub écrit façon bar de billard. Avec des gens souvent ronds comme des boules de flipper à l'intérieur. À l'époque, encore une fois.

Quand je l'ai rencontré, le Cyrano était un pub bar-jeux-resto comme il en existe des tonnes dans les petites villes de France. À l'entrée du bourg. Un rond-point, puis l'avenue Jean-Moulin. Clignotant à droite. Vingt mètres. Clignotant à gauche. Place de parking. En face, le Cyrano. Coincé entre un opticien et une boulangerie dans mes souvenirs. Une barre de commerces en fait. Une auto-école, le bon vieux Spar, fleuriste, kebab, un caviste depuis peu. Et une école à quelques pas. Souviens-toi de l'école, ça servira plus tard (j'aime bien quand les auteurs font ça).

Le quartier du Cyrano est donc le parfait endroit pour un croissant au goûter, un bon kebab du dimanche soir, ou un oubli de crème fraîche un mardi de pâtes carbo. Le Cyrano, c'est aussi un bon endroit pour mes premiers souvenirs d'enfant avec mon père. Avant rien. Peut-être que ça va revenir d'ici la fin de ce truc. Possible que ce soit parce que j'ai pas vraiment cherché à les retrouver, ses souvenirs. Au Cyrano, j'ai... ans. Pas plus de 7 je dirais. Papa est là avec ses potes. Dédé, Pat et Jean. J. et moi on est sur des tabourets hauts les mains sur nos verres de grenadine. J. c'est ma sœur, on est liées par tout un tas de choses, dont un tatouage depuis 2012, une ancre marine. « Hyper original », c'est ce que tu penses en lisant ça, en levant les sourcils. Moi au poignet, elle dans la nuque. L'ancre entremêle nos initiales, on l'a découvert après, à la base, c'était juste qu'on trouvait ça mignon.

J'ai 10 ans. Toujours le Cyrano. Le temps n'est pas bleu. On est plutôt heureux. À la télé, c'est le cent cinquante-sixième tirage du Rapido. Papa,

Dédé et Cie attendent les résultats du quinté. Oui, c'est à 14 h 30. Oui, il n'est que 10 h 30. Oui, c'est une longue attente. Alors avec J. on fait des Rapido, on met des chiffres au hasard, on coche des cases et on fait valider ça par le patron dans la fumée de Royale menthol. Les grenadines sont gratos. Dédé ou les autres sont toujours prêts à nous filer une pièce de 2 euros pour recocher des cases. Papa ne va pas tarder à me demander de chanter Tina Arena pour impressionner ses potes. C'est comme ça les samedis et les dimanches quand il nous garde. En semaine, c'est plutôt nocturne, quelques verres après avoir vendu un canapé But pas super beau mais confortable. Quelques heures après avoir été élu meilleur vendeur de la région Rhône-Alpes. Quelques bières, beaucoup de jaune. Au Cyrano, on se détruit déjà un peu, mais on est heureux. Ensuite, c'est retour à l'appartement. Quatrième étage. Vue sur cour. Clic-clac avec latte fendue et balcon en carrelage. En général on mange du couscous tout prêt, des pâtes à la crème fraîche ou du chili con carne en boîte. Une sieste. On joue dehors. Toi, papa, tu as perdu au tiercé, tu vas dormir. Tu te réveilles, clope à la fenêtre. Puis le match du dimanche soir. Dodo à l'heure qu'on veut. Matin. Ton déo Scorpio et la buée qui rendent la salle de bain impraticable. Tu nous déposes à l'école en R21. À dans deux week-ends, ou pas. Ça dépendra de toi. Dans mes souvenirs, venir nous chercher, parfois, c'est toi qui te souviens pas. Tu nous laisses plantés là comme un livreur Chronopost. Tu donnes pas d'heure, t'oublies de venir ou tu te décommandes au dernier moment. Je te dois sûrement mes premières déceptions. Et une de mes premières attaches donc : le Cyrano.

Depuis les grenadines et le Rapido, j'en ai visité plein d'autres, des Cyrano, je suis rentrée par habitude et fascination, c'est complètement con, mais dans ces endroits je me sens quand même un peu chez moi. Et quand on se sent chez soi, on reste au chaud, on reste longtemps. Alors en hommage aux heures où tu nous traînais dans la fumée de Royale menthol, j'ai passé pas mal de temps dans les Cyrano de France. La Rotonde, le Narval, le Bougainvillier, le Havane. Là où on dit qu'on passe une tête pour finalement rester des plombes. 8 heures-18 heures parfois pour moi. Beaucoup de gens se sont souvent un peu foutus de ma gueule. Du genre : « Ça va, l'alcoolique, t'es encore là ? » « Eh ben, le pilier de bar est pas partie encore ? » J'étais pas seule, mais c'était moi qu'on remarquait parce que j'étais la plus joyeuse, la plus hilare, clairement la plus alcoolisée. J'ai pas peur de le dire. Je me suis faite pote avec tous les gens du marché à côté de mon nouveau troquet, comme c'était bon, on avait rendez-vous chaque vendredi, et le vendredi suivant on était toujours plus nombreux. J'avais à nouveau une famille de bar. C'était comme un feu de cheminée, comme un refuge, on a enfin trouvé.

Certains collègues, plutôt frileux au départ, entraient dans la ronde. Je me rassurais en me disant que se lever à 1 heure du matin pour bosser valait bien une petite fête toute la journée du vendredi pour décompresser. Juste le vendredi. Juste ça. Mais ça c'est ce qu'on appelle une excuse Tippex. On met un peu de blanco et on croit que ça va passer. Sous le Tippex, la réalité : j'aime la fête, les verres qui trinquent, le vin surtout, j'aime les gens beaucoup, en nombre, j'aime perdre le sens de la réalité, j'aime les Cyrano, c'est comme ça, c'est ce que tu m'as transmis. Certains ont des odeurs de cookies comme madeleine de Proust, moi, de ton côté, j'ai le Rapido, le rosé et l'odeur de cigarette à la menthe glacé. Et je t'en veux pas. Même si, quand j'écris ça, il est 17 heures, j'ai une bière dans la main. Je suis même cap de me resservir. La nuit, avec du monde, je vais tenir. Un, deux, trois verres, la demi-bouteille, puis la fameuse « mariée dans l'année » c'est aussi pour moi. Sans jamais flancher. Parfois je me fais peur d'aimer autant le Cyrano et tout ce que ça représente, je sais plus trop qui mène la danse et si je contrôle quelque chose. Et puis je me souviens que je ne sais absolument pas danser. Mais je ne t'en veux pas.

Si j'ai fréquenté les frères d'armes du Cyrano, sur place, j'y suis jamais retournée. Passée devant quelquefois y'a très longtemps, mais jamais entrée. Peut-être qu'avant la fin de ce truc faudrait que j'y aille. Pour voir ce que ça fait. Pour boucler une boucle, pour voir le chemin parcouru depuis.

En cherchant sur Internet, j'ai vu que la devanture avait changé. Le noir a remplacé le vert sapin.

L'écriture ne fait plus penser à un bar de billard. C'est marqué très simplement :

BAR
LE CYRANO

Deux pictogrammes entourent LE CYRANO. Devinez quoi ? C'est une ancre marine de chaque côté. Comme le poignet, comme la nuque. Comme J. et moi. Comme un rappel à la base. J'ai trouvé ça incroyable. Tout ça nous colle littéralement à la peau.

Toi tu n'y vas plus depuis longtemps, tu as déménagé. Enfin, on t'a déménagé. Pour ta sécurité ou la tranquillité des autres, à 56 ans tu es reparti vivre chez ta mère en Bretagne après de nombreuses crises de manque, d'incidents liés à l'alcool, et la perte de ton travail. Après une vie à vendre des meubles, tu as pris les tiens et tu as quitté la Drôme.

Et moi, faut que je retourne au Cyrano pour continuer d'écrire sur toi. Comme un chassé-croisé entre juilletistes et aoûtiens. Chacun ses voyages, chacun sa route. J'ai mis bien du temps à accepter que si nos départs ne sont pas synchronisés, ce n'est pas de ma faute. Parfois on n'y peut rien.

Passage du Paloma

Le Paloma est à 750 mètres du Cyrano. C'est un ensemble d'immeubles beiges avec des volets vert clair. Un ensemble en U. Chaque bâtiment compte quatre étages, quelques vérandas fermées et des vies qui s'étalent plus ou moins sur les balcons. Elle a décidé d'y mettre sa machine à laver, ça fait gagner de la place. Lui fume sa clope toujours à la même heure les yeux dans le vide et les pieds croisés. Elle, elle n'y va jamais, sur ce balcon, trop de vis-à-vis, et la sienne est en jachère, alors circulez, y'a rien à voir. Quand quelqu'un fait des travaux, on est un peu jaloux. Quand les coffres se ferment pour des départs en vacances aussi. Les jeunes couples ne se mélangent pas aux vieux briscards du Paloma. Ici on n'est pas vraiment pauvre, mais on sait bien qu'on sera jamais riche. Ici on se contente de pas grand-chose, du pastis dans les salons les jours de Coupe du monde et des « tu descends ? » le samedi après-midi. Ici même si c'est toujours la merde pour trouver une place ou mettre la Renault 21, on est à l'abri.

Au milieu, deux grands sapins, et un tapis d'épines.

Tu es dans la première barre du U. La fondatrice. Tu es le taulier du quartier. Ça fait une paye que t'es ici et que quelqu'un essaye de venir te déloger... Tu ne partiras jamais. Ici c'est chez toi.

Quand on sonne à l'interphone, tu ne varies pas les phrases. C'est un « ouais ». Distinct autant que brouillon, c'est un ouais qui invite pas au voyage, un ouais qui dit jamais t'es en retard, un ouais sans point d'interrogation, un ouais qui a pas des masses envie. Mais qu'importe.

J'ai des dimanches soir en pagaille en souvenir avec toi en haut des escaliers. Devant « Ça cartoon » avec un Happy Meal et la dernière boîte de Playmobil. T'avais Canal et à l'époque c'était vachement stylé. C'était pour le foot, tu supportais personne en particulier, mais t'as jamais manqué de rappeler que t'étais Breton à chaque victoire de Guingamp. Je me suis d'ailleurs toujours inventé que tu m'avais transmis une passion pour le Roudourou.

Et puis on s'organisait comme ça : moi dans le lit, tard avec *Astérix aux Jeux olympiques* sur la PlayStation, et toi qui ronfles tôt sur le clic-clac. On n'a pas besoin de grand-chose pour se sentir vivant. T'avais un radiateur électrique dans la salle de bain et je m'enfermais des heures pour rester au chaud devant.

J'adorais venir ici parce qu'avec toute la bande du Paloma (juste une autre famille, la voisine d'à côté, et nous en réalité) on était un clan. Un crew qui se déplace, jamais trop loin : cent mètres pour le terrain de pétanque, quelques pas de plus pour la piscine à côté l'été. C'est là que tu comptais pécho, et c'était un peu gênant. T'as toujours mis un point d'honneur à zapper la crème solaire. Et les meufs, elles t'ont zappé aussi, faut bien le dire. Tu finissais cramé et j'avais le droit à une barquette de frites au goûter. On avait plein de poinçons sur notre carte de pistoche, on prenait notre douche là-bas pour économiser l'eau, on était les derniers à passer le tourniquet à 20 heures. Y'avait école le lendemain, mais les devoirs c'était pas ton fort, j'avais de l'avance et un certain talent d'improvisation, alors c'était pas grave si c'était un peu bâclé. Je dormais avec un de tes tee-shirts trop grand de France 98, le matin y'avait de la brioche, tu me disais toujours « Dépêche-toi, Olivette » alors qu'on était pas du tout en retard, on écoutait NRJ sur la route, je sentais la clope en arrivant devant le portail, et toi t'avais les cheveux encore mouillés.

On était un peu des beaufs, mais on était heureux.

C'était bien, l'interphone, le « ouais » pour m'ouvrir, la piscine, les quatre étages. Et puis, puisqu'il faut bien une suite, y'a eu le Paloma heureux et le Paloma qui doute, qui tremble, qui vacille, et les dimanches soir en pagaille à pas être sûre que tu arrives à grimper en haut des escaliers.

Te le dire

Ça fait des semaines que je sais pas comment faire. J'écoute des chansons tristes, je cherche mon courage, j'ai rongé tous mes ongles (je le fais tout le temps, mais ça faisait bien planté là dans l'enchaînement de la phrase). C'était pas prévu pour aujourd'hui, mais je vais t'en parler. On est lundi. Hier soir je me suis endormie en pensant aux abricots de la Drôme. C'est venu tout seul dans ma tête, je cherchais un refuge pour ne plus penser, pour m'endormir, et c'est l'abricot qui est venu tout seul comme un grand. Le jaune orangé, la peau veloutée, le petit jus quand tu le sépares en deux, l'acidité, le ventre en vrac quand t'en abuses. À part ça, c'est doux, un abricot. Et puis le noyau se sépare facilement de la chair. C'est un fruit facile, intuitif, instinctif, addictif. Enfin, je dis facile, j'en ai ramassé des caisses et des caisses, et c'était pas non plus une partie de plaisir. Mais c'est là que j'ai gagné mes premiers points pour la retraite.

On va dire que c'est un fruit du souvenir des étés d'enfance et de la cagne provençale.

C'est donc un abricot qui est venu clôturer huit semaines de réflexion sur « Comment te dire que j'écris un livre sur toi ? ».

Je sais pas si c'est un signal, mais je l'ai pris comme ça. J'ai échafaudé un plan, je me suis répété mille fois ce que j'allais te dire. Et puis c'est un abricot qui m'a fait appuyer sur « Appeler ».

Il fallait d'abord que je tombe sur un bon jour, un jour où tu vas bien, et ils sont de plus en plus rares. Un jour où tu comprends. Il fallait que tu adhères au projet pour qu'il se transforme en quête commune. Il fallait tant de choses. C'était le bon jour.

Tu décroches au bout de quatre sonneries, j'entends le vent des plages des Côtes-d'Armor. Tu me dis que tu vas bien, que tu marches avec ton association. Vous êtes sept. Je te rappelle plus tard alors ? Tu me dis ben non on est bien là.

Alors je tente.

« Il faut que je te dise quelque chose. »

Un chien aboie. Tu dis qu'il est énorme, c'est vrai qu'il aboie fort, ce clebs.

On part sur tout autre chose, t'as fini les médocs pour le sevrage, ta mémoire immédiate, tu sais pas trop si ça va mieux, mais « normalement oui ».

T'as fait une pré-cure de huit jours y'a trois semaines. Sevrage accompagné sans obligation de passer en cure derrière. Je l'apprends.

« Ben si, c'était pour me reposer, jouer aux cartes et me remettre en forme, quoi. »

Tu es sur cette plage et je comprends tout. L'association (hôpital de jour en vrai qui t'aide pour maintenir le sevrage) te fait du bien. Je t'accompagne pour les derniers kilomètres de la sortie, j'ai jamais fait ça, t'accompagner pendant un moment pour aller quelque part, te tenir compagnie, simplement, sans la sensation d'être de trop ou de ne servir à rien.

Un taxi t'attend au bout pour te ramener chez mamie, mais c'est moi qui te conduis jusqu'à la fin de la rando.

Tu es sur cette plage, et tu vas bien. Dans une semaine, un nouveau rendez-vous avec le psychiatre pour voir la suite.

« Bon, tu voulais me dire quoi ?

– J'écris un livre, papa. »

Tu dis ah bon, alors j'enchaîne :

« Un livre sur l'addiction à l'alcool. Et les moyens de s'en sortir. Et je parle de toi. Essentiellement de toi. Je raconte ton parcours en fait. Je raconte nos vies. Tu veux bien ? Tu veux bien que ce soit un livre ? Tu veux bien m'aider ? Tout me raconter ?

– Bien sûr, je suis là pour ça.

– Mais je raconte plein de choses intimes, hein.

– Ça va, ça ne me dérange pas. »

Les phrases qui vont suivre sont pleines de vulgarité. C'est moi, quand je suis bouleversée. Putain, on va faire équipe. Putain comme ce « Ça me dérange pas » chuchote et hurle, il chuchote la confiance, il hurle la dignité. Il enlace aussi, il calme, il élève.

Et moi j'y suis avec toi sur cette plage, si on avait pu se taper dans la main on l'aurait fait. Je me prends tout ça dans la tronche et j'ai envie de hurler aussi. Elle est là, au bout du fil, mais tout près de moi : la première fois que tu admets avoir une addiction à l'alcool. La première fois que tu me dis que tu vas tout me raconter, que tu me laisses entrer dans cette bulle que t'as fermée à triple tour depuis quatorze ans. Je vais venir te voir ce week-end alors.

Paris-Guingamp vendredi à 17 h 53.

Putain, c'est bon, les abricots.

La merditude des choses

Je voulais te le redire en face. Après le coup de téléphone, j'ai donc très vite réservé un Paris-Guingamp. Un Paris-Guingamp de 18 h 46 et non de 17 h 53 (pardon, mais la SCNF avait décidé de mettre le 17 h 53 à 154 euros). Un Paris-Guingamp plein à craquer, un Paris-Guingamp de ceux qui se sentent obligés de porter un ciré pour l'occasion, de ceux qui déposent leur ordinateur sur la petite tablette, mais n'y touchent pas une seule seconde, de ceux qui vont déposer les enfants pour les vacances. Un Paris-Guingamp en deuxième classe à 123 euros et non 154, collée à un voisin qui écoute la musique classique un peu trop fort.

Je suis venue pour avoir des réponses. Tu m'as dit que tu m'aiderais, que tu étais là pour ça, qu'aucun sujet ne te dérangeait. Je t'ai retrouvé deux heures quarante-sept plus tard, là où je t'avais laissé dix mois plus tôt. Fidèle à ton blouson RG 512. Je t'ai retrouvé là et tu m'as dit « ça va ? ». Pendant les trente-cinq minutes de voiture, on en restera là.

Sur ton visage, rien n'a vraiment changé. Et c'est déjà un bon point. Si ce n'est pas pire, c'est que c'est bien. Ton rituel, lui, n'a pas bougé non plus. Et là aussi, si ce n'est pas pire, c'est que c'est bien.

9 heures, tu secoues ton porte-monnaie. Sur les 30 euros de ta semaine, il reste quelques pièces. Ça suffira. Tu te laves les cheveux comme chaque matin, tu remets les mêmes habits, comme chaque jour, tu glisses ton porte-monnaie dans la poche intérieure de ton blouson et tu t'en vas « chercher *L'Équipe* ».

« Chercher *L'Équipe* » n'est plus vraiment un nom de code qui nous dupe, en tout cas dans l'esprit de tout le monde c'est bien « chercher *L'Équipe*, et les trois canettes à 9 degrés de la journée à Intermarché ».

Après l'excuse de *L'Équipe*, il y a eu l'excuse d'aller chercher du crémant parce que j'étais là et c'est rare alors faut fêter ça. Le troisième trajet, tu n'as pas pris la peine de donner d'excuse. C'est là qu'il y a un changement. Avant tu partais longtemps, maintenant tu reviens vite. Tu partais longtemps parce que tu prenais le temps de descendre ta canette en remontant à la maison. Aujourd'hui, la cachette n'est plus à l'extérieur dans une haie de cyprès, elle est dans la grande armoire du cabanon.

Une grande armoire à l'ancienne exactement comme vous l'imaginez quand on dit grande armoire à l'ancienne. Une armoire de mariage en noyer, majestueuse et pourtant posée uniquement sur quatre petits pieds, une armoire qu'on ouvre avec une clef qu'on ne cache jamais.

Dans cette grande armoire à l'ancienne exactement comme vous l'imaginez, ce qu'il te reste d'habits de toute une vie, une chemise, deux jeans, un pull, et les canettes à 9 degrés pour la journée. Pour les canettes c'est comme pour l'armoire, c'est exactement celles que vous imaginez. Et puis tu l'ouvres, cette armoire, toute la journée, tu l'ouvres, tu veux t'en sortir et puis l'armoire t'attrape, te fait danser, te met à terre. Chaque fois que t'en reviens tes yeux ont pris un coup, c'est immédiat. T'as fermé les volets. Plus d'intensité, plus de malice, plus d'espoir. Non, quand tu reviens de l'armoire, il y a plus que du vide à la place, plus que de la bière dans tes yeux.

Alors on peut se dire tout un tas de choses, d'accord ce n'est plus des grands verres de pastis ou des bouteilles de vin qui s'empilent, mais la bière à 9 degrés c'est encore pire, surtout quand on est sous traitement et qu'on n'a plus aucun souvenir immédiat. Évidemment, t'es pas d'accord avec ça.

« Non, je bois plus d'alcool, je bois que de la bière. »

Cette phrase, puis la plage en bas de la maison de mamie. Ton chien en laisse. La fameuse balade confession que tu m'avais promise, on y est. « Je te dirai tout. » C'est vrai : tu m'as tout dit, à ton niveau en tout cas. Tout ce que tu ne m'avais jamais dit.

Tu bois depuis toujours. Je n'apprends rien. Depuis les Baléares, t'avais 20 ans, un BTS tourisme en poche, et t'es devenu animateur. Pour monter sur scène, il fallait du pastis dans le cornet. Pour faire rire les gens en secouant une noix de coco sur les parties intimes ou en se déguisant en femme, il fallait avoir du pastis dans le cornet. Et secouer les noix de coco, c'est du sept jours sur sept. Le pastis dans le cornet, aussi. CQFD.

La bonne ambiance, le dur labeur, et c'est la bascule. Tout est fade ensuite quand y'a plus d'alcool. Tout est inhibé. Rien n'a de sens. Quand tu rentres des Baléares, que tu as des enfants que tu deviens vendeur : la fête est finie. Alors tu fais durer le plaisir. Ta main tremble souvent. Et comme dirait le livre de Dimitri Verhulst, c'est là, la merditude des choses.

Ça fait quarante ans que tu bois tous les jours, il n'y a pas un jour, hors cure, depuis quarante ans où tu n'as pas bu une goutte d'alcool. Tu me le dis sans trembler.

« Et quand tu nous prenais, quand tu avais notre garde, tu buvais ?

– Non. »

J'aurais tant aimé que ce soit vrai. Ou au moins que tu te souviennes que c'est faux. On est restés là une heure. Sur un rocher, face à la mer qui s'en allait. Il a fallu vingt-huit ans pour qu'on se parle plus de cinq minutes presque les yeux dans les yeux. Je dis « presque » parce qu'à ce moment précis tes yeux ne quittent pas la trace humide que laisse l'eau sur le sable quand elle se retire.

Tu ne m'as posé aucune question, sur le pourquoi de ce livre. Pas cherché par exemple à savoir si c'était une quête initiatique. Non, à vingt-huit ans de non-conversation tu as répondu quelques phrases, tu bois parce que tu t'ennuies, c'est ton petit plaisir, tu veux un appartement, retrouver ton autonomie. Et puis c'est tout.

Après tout ça j'ai couru sur cette plage. La plage de mon enfance. Cette fois, et pour une fois, elle n'appartenait qu'à moi. La marée haute, c'était pas calculé, mais c'est vrai que la carte postale est encore plus vendable comme ça. J'étais seule avec la plage, elle était belle, putain, elle avait mis les chandeliers, et elle m'invitait à dîner. C'était vide, bleu, infini. Il n'y avait ni pelles ni seaux. Pas de cours de char à voile, pas de tente anti-bourrasque à la con, non, juste un tête-à-tête entre la plage de mon enfance et moi. Et j'ai couru. J'ai couru à m'éclater les poumons contre la cage thoracique, j'ai couru tellement fort que j'aurais pu m'envoler. À cet instant précis, là comme ça, un lundi après-midi, j'ai déposé un bout de mon adolescence foireuse, de mon tas de remords de jeune adulte, de mon tas de regrets. J'ai jamais su faire la différence entre les deux et puis on s'en fiche puisqu'en fait les deux ensemble je les ai pas déposés, je les ai crachés de toutes mes forces. J'ai craché toutes mes sorties de boîte de nuit à pleurer parce que je pensais que j'étais comme mon père, j'ai craché toutes mes aventures d'un soir parce que je voulais qu'un homme (au pif, tiens, toi !) sache que j'existe. J'ai craché l'abandon et le manque de repères. J'ai craché les spots de prévention qui disent que l'alcoolisme tue, mais qui ne précisent pas que, comme la clope, il détruit aussi ceux qui sont à côté. J'ai couru encore et j'ai craché les tocards et leurs phrases toutes faites sur les piliers de bar, j'ai craché ceux qui ne savent pas et qui pensent tout savoir des autres, j'ai craché la déception parce que je n'aurais rien de plus venant de toi et que c'est comme ça. J'ai craché toute la peine que ce « c'est comme ça » m'a faite, et qu'il ne me fera plus.

J'ai tellement couru ce jour-là que je n'aurais plus jamais mal.

Princesse

Tu m'as appelée « Princesse ». C'était y'a quelques jours. J'sais plus comment j'étais habillée quand j'ai reçu la lettre, plus comment j'étais coiffée quand j'ai compris que c'était toi. La boucle du « l ». L'italique. Le timbre de Terre d'asile. Le cachet des Côtes-d'Armor. Tu préviens jamais, mais c'était toi. C'était y'a quelques heures. Sous la carte, quand tu l'as écrite, y'avait le journal *L'Équipe* sûrement, un Banco à deux euros pas trop loin, je sais plus quand c'était, j'ai plus de date exacte, mais je connais par cœur... Je les connais par cœur, ces connards de réflexes. On se retrouve souvent pour danser ou éteindre la lumière. Mais c'est vrai que depuis le temps il y en a un qui se démarque, un qui est plus facile à trouver que les autres, c'est mon réflexe primaire : quand tu reviens, je me cache, j'ai peur, j'ai mal, je descends en rappel. Je suis spéléologue quand tu refais surface.

Parce que, pour moi, y'a rien de logique là-dedans. Tu disparais, puis tu reviens. Tu me laisses avec mes angoisses, et tu reviens sans frapper. Parce qu'une carte postale c'est pas comme un appel téléphonique, on ne refuse pas une carte postale. Elle est là, dans la boîte aux lettres, ou sur le paillasson. Elle est là, cette carte, et elle vous dit : Viens voir ce qu'il y a dedans. Elle dit que quelqu'un écrit quelque chose pour vous, que quelqu'un a pris le temps de mettre un peu de salive sur le timbre, de descendre jusqu'à la boîte aux lettre jaune. Elle vous dit que quelqu'un, le temps d'un instant, vous attend et vous espère quelque part. Alors vous ouvrez.

J'suis fascinée par ton écriture. Dieu comme je t'admirerais si t'étais un paragraphe, plus que quelques mots jetés entre deux émissions de Nagui sur une carte postale... Le problème, c'est que toi, les paroles, tu les oublies (sauf celles de Johnny et de Michel Sardou).

J'suis fascinée par ton écriture. Quand je chute, quand tout s'écroule, quand j'ai le vertige, je me suis toujours raccrochée à ça : elle est belle, ton écriture. Elle est aérienne, douce, libre, elle me fait du bien, ton écriture. C'est toujours de l'encre bleue. Pas de marques affectives, pas de fautes d'orthographe, pas ton prénom, non, tu ne signes pas, non, je sais que l'italique c'est toi. Quand ça penche, quand ça vacille, quand c'est inoffensif, quand c'est remarqué mais pas remarquable, c'est toi. Je le dis avec beaucoup de tendresse. C'est toi. J'écris ce passage et le temps d'une phrase t'es comme je l'imagine, comme je le rêve.

Tu m'as appelée « Princesse » il y a quelques minutes, c'était écrit bleu sur blanc. Et quand je tape ça sur mon ordinateur, il plante un curseur sablier, plus de réponses. OpenOffice se ferme. Mon ordi est vieux. C'est maman qui me l'a acheté. Un HP d'occasion, il appartenait à Zohra, une inconnue, seize ans plus tôt, ça j'en suis sûre, quand c'est maman, j'ai beaucoup de certitudes.

Sur la carte, donc, voilà ce que tu me dis :

« Salut Princesse. Je suis fier de toi. Après ce que tu m'as dit à Noël. Je sais que tu vas réussir et qu'on va te voir très vite à la TV. Je pense très fort à toi. Et te souhaite que du bonheur avec N. Je vais essayer de faire tout le possible pour y arriver en Bretagne. Valence me manque, mais c'est la vie. Gros bisous à tout le monde. P-S : Je vous envoie les sous pour les fêtes très bientôt... »

Le « princesse », à ce moment-là, je peux pas le digérer : comme mon vieil ordinateur, ça me coupe le souffle, ça me coupe les jambes, je suis à deux doigts de planter. La psy dit que c'est normal. J'ai fini par t'aimer quand tu n'es pas là. Et depuis plusieurs années t'es plus vraiment là.

C'est pour ça que j'ai beaucoup de cartes de toi, tiens, celle-ci par exemple :

« Salut Olivia. Je te fais parvenir un petit coucou de Brest où je me trouve dans un grand centre tout près

du port et de la plage. Ici la chambre est grande et il y a beaucoup de monde. Je m'embête un peu, alors je marche pour faire passer le temps. Pas beaucoup d'activités et je vais sûrement rester deux mois. Je te fais un gros bisous et travaille bien. »

C'est une carte avec plusieurs phares bretons au milieu de la mer. Un rouge, un blanc, un noir rayé de blanc. C'est marrant de choisir un phare au milieu de la mer pour me donner des nouvelles d'une troisième cure de désintoxication. Un « centre de repos », comme dit mamie. Comme si c'était le repos du guerrier, c'est plutôt la guerre du guerrier, parce qu'on parle bien d'un combat, alors appelons un chat un chat, c'est une cure de désintoxication.

J'ai aussi gardé cette carte Française des jeux avec un petit père Noël, des « gratte-gratte » pour vingt euros et dans la case message : rien. Tu n'as rien écrit.

Maman aussi a gardé beaucoup de tes lettres après votre divorce. J'ai 3 ou 4 ans pas plus. Là, pas de phares bretons, pas de princesse, pas de gros bisous. À elle, tu dis que le week-end prochain tu ne nous prendras pas. Tu as d'autres choses à faire. Pour elle, l'écriture est plus grosse, un peu moins penchée. Tu dis que mardi soir prochain on ne pourra pas venir parce que tu n'en as pas envie, que tu n'as pas de quoi payer la pension. Pourtant pour les bouteilles ton compte n'est jamais vide. Tu dis même que tu veux arrêter la pension. Maman écrit en octobre 98 :

« Leur père ne les prend pas pour les vacances de Toussaint. Samedi soir : les filles attendent avec leurs sacs, il n'est pas venu les chercher. »

Si on prend les cartes postales que tu m'adresses à moi, ce qui est incroyable, c'est qu'à part quelques descriptions imprécises, dans ton écriture, dans le choix de tes mots, elles ne reflètent pas du tout le fait qu'un grand brasier te dévore. Je l'ai déjà dit : tu avances masqué. Je n'ai jamais su si c'était fait exprès. La psy pense que non. Moi je te sais intelligent, je sais que tu ne peux pas te montrer sous ce jour-là. Tu ne veux pas. Notre famille, tes amis, ceux qui restent, te disent drôle. Tout le monde me l'a déjà raconté. Tout le monde m'a déjà vanté ton humour. Moi je m'en souviens pas trop.

Alors oui, il y a les phares de Bretagne, les tickets à gratter, parfois aucun message et on ne dirait pas que tu tombes dans les escaliers, on ne dirait pas que tu chutes sur le trottoir dans la rue, on ne dirait pas que tu bois le matin, que tu caches des canettes de bière dans les haies de cyprès, et que malgré ta perte de mémoire pour plein de choses, ça tu t'en souviens. On ne dirait pas que tu n'as plus que 30 euros par jour pour vivre parce qu'on t'a mis sous curatelle, on ne dirait pas que tu fais des crises de manque. Ni que tu baves un peu parce que les médicaments et l'alcool te rendent parfois sénile. C'est sûrement que tu dois faire un effort surhumain pour que je t'aime en carte postale.

Giboulées de mars

Selon Wikipédia, grande source de savoir, une giboulée est une averse souvent accompagnée de vent, aussi brève que violente, qui se produit lors du passage de l'hiver au printemps.

À ne pas confondre avec le ciel de traîne. Un ciel de traîne, cette fois-ci selon la chaîne météo, est un état du ciel observé après une perturbation. Un ciel changeant ou peuvent se succéder averses, éclaircies et passages nuageux. Voire, si on est des petits fous, orage et foudre. C'est un peu le ciel qui sait plus où il habite, quoi.

Nous sommes le 10 mars, et pour l'instant c'est donc un ciel de traîne. Après les passages nuageux et les averses, une éclaircie. Je viens d'apprendre que ce truc devient officiellement un livre, il va être publié. Je t'en ai touché un mot, rapide, au téléphone il y a quelques jours et tu m'as dit hilare : « Tu vas quand même pas publier quelque chose sur moi, tu blagues. » Non, c'est pas une blague, c'est plus une blague, ciel de traîne, éclaircie, puis nouvelle averse... Il va falloir que je reprenne le train pour aller te le faire comprendre en face, j'ai peur, pour le dire aussi à mamie, j'ai peur. Le dire surtout à ta curatelle, pour avoir un document signé de sa main. Je veux pas d'ennuis, pas d'embrouilles, pas de litiges.

Tu es sous curatelle depuis un an environ. Depuis l'accident alcoolisé et nocturne devant une école primaire. Celui où tu t'es enfui apeuré et déboussolé, celui où les gendarmes sont venus te chercher chez toi.

La curatelle est un mot beaucoup trop joli pour nommer un beau tas d'emmerdes. Le mot « curatelle », je le vois blanc, je le vois coquet, avec des ailes, limite colombe. Alors qu'en fait c'est une décision qu'on a prise pour toi. Un truc qu'on t'a imposé. Si on veut que ce soit mignon, on peut dire que t'es un adulte avec de l'argent de poche. Tu n'as plus de chéquier, plus de carte bancaire, juste une carte de retrait et 20 euros par jour. C'est pour t'empêcher de vider ton compte et de te remplir d'alcool, faut bien le dire. Avec du recul, je pense que c'était pas une bonne solution. Te couper les vivres, te ramener à ton état d'adolescent ne t'aide sûrement pas dans ton processus de reconstruction. Et puis « mon père est sous curatelle », je crois que ça fait encore mal à écrire.

L'été dernier par exemple. Il fait beau, on est à Lannion. Bord du Léguer, petit fleuve qui se jette dans la Manche. Sur les quais les gens en profitent, l'épidémie a fait une pause. Le carrousel, les jeunes qui font du skate, le soleil, le cours de salsa improvisé et une petite guinguette. Que demande le peuple. On se dit tous qu'on va boire un truc. Pas un verre, un jus, une limonade, un smoothie, n'importe quoi. On est prêt à ne pas prendre de bière pour t'accompagner. Tu dis non. Pas question de bière, non, c'est pas pour ça. Tu veux rentrer, très vite. Ton visage se fige, tu te fermes à double tour comme quand on a peur des voleurs. Tu veux rentrer chez mamie et il faut que ce soit là, maintenant, tout de suite. J'ai peur de t'avoir blessé en te disant qu'on pouvait t'accompagner avec du sans-alcool. Mais tu veux rentrer, parce que tes 30 euros du jour tu les as déjà dépensés, alors tu ne pourras rien nous offrir, c'est pas toi qui pourras payer, et il est hors de question que ce soit nous. C'est impensable pour toi. Alors un cousin se propose de te ramener. Nous, on a finalement pris une bière.

Avant tu nous offrais tout. Quand maman avait quinze ans d'avance sur le bio, les légumes locaux, et le « tout sauf cette merde de Nutella », c'est chez toi que je me réfugiais pour avoir de l'Ice Tea et des Kiri pour mes pique-niques d'école. Et c'était seulement à ce moment-là que les autres acceptaient de m'échanger des trucs pour le déjeuner. Troquer les sandwiches maison tomate-omelette de maman, ça marchait pas.

C'est chez toi que je me réfugiais pour mendier le dernier fascicule *Star Club* ou l'album des L5...

Avec toi que je voulais toujours aller chez Casino pour faire une rafle dans le rayon jouets. C'était comme ça, tu payais tout ce que tu étais incapable de donner, tout le vide, toutes les crevasses, tu comblais comme ça.

Alors forcément. La curatelle, tu voulais pas en entendre parler.

***

J'ai 14 ans. C'était aussi un mois de mars. Je suis chez toi, tu me le dis, tu me l'assures, tu veux pas me prendre le week-end prochain. Tu ne parles plus beaucoup, on joue plus au jeu « À prendre ou à laisser », le jeu où il faut ouvrir des boîtes et où tu prends toujours le numéro 22 pour la Bretagne. Tu es mutique et tu t'en fous. Tu dors. Tu manges. Tu pleures. Comme c'est dur, le silence.

Alors sur un coup de tête je prends ton chéquier, ta carte d'identité et le bus et je pars dépenser 300 euros dans le magasin de fringues à la mode.

Je me suis vengée comme ça, j'ai pris ce que tu me devais.

À ce moment-là, tu commençais ta dépression. Alors moi, tous les midis, au lieu de manger au self du lycée, je dis à tout à l'heure à mes copains et je prends la ligne 4, trente-cinq minutes de bus juste pour vérifier que t'es encore en vie.

Tu menaces de te foutre en l'air, je t'imagine sauter du quatrième étage. Quand j'ouvre la porte, je cours pour vérifier où tu es. Tu pleures, tu fais cuire le chili con carne au micro-ondes et tu pleures. Moi je suis pleine de tes larmes et je fais ce que je peux pour ne pas exploser. Ça s'appelle la codépendance. La culpabilité de ne pas assez « entourer » celui qui souffre.

Bégard

T'es arrivé là-bas comme une star. Je peux pas mieux le dire. Comme un ancien qui retrouve ses vieux potes de colo, comme un VIP qui entre en boîte et à qui on dit : « C'est Jean-Mi, laisse-le passer. »

Il faisait si beau ce jour-là. On est un lundi d'avril, comme tous les mois tu as rendez-vous chez ton médecin, psychiatre, chef du secteur addictologie de la fondation Bon-Sauveur à Bégard. Là où tu as fait quasiment toutes tes pré-cures, et toutes tes cures. Tu as rendez-vous, et, pour la première fois, je t'accompagne. C'est moi qui conduis parce que t'as toujours pas récupéré ton permis et puis de toute façon tu ne prendras plus jamais le volant. À 7 h 40, mamie me réveille et j'ai l'impression de prendre un seau d'eau sur la tronche. Mon réveil était programmé à 7 h 50 et quand on te lève dix minutes avant, ça fait chier. Elle est aussi allée te réveiller. Comme tous les jours. On prend notre petit déjeuner face à face, sans se regarder, sans se parler. Mamie nous dit qu'il va y avoir embouteillage dans la salle de bain. Tu finis ton café. Je fais durer mon thé. Tu iras te doucher en premier. T'es prêt, moi aussi. On y va ?

T'es pas forcément de bonne humeur, pas bavard, tu vas voir le médecin, donc tu n'as pas bu ce matin. Tu sais que si tu le fais il va t'« engueuler ».

On grimpe dans la Clio blanche. Réflexe, mettre la musique. Problème : le poste est bloqué avec un code, alors tu insistes, il faut redescendre pour demander le code à ton frère. Je suis assez d'accord parce que ce matin j'ai pas envie de parler moi non plus. Tu reviens, il n'y a pas de code en fait, le poste marche plus. Je mets la radio sur mon téléphone, Nostalgie, au moins je suis sûre que tu connais les paroles et que tu vas essayer de deviner le nom des artistes pendant quarante minutes. C'est ce que tu fais. Goldman ! Le suivant tu ne l'as pas. Putain, c'est qui eux déjà… Police ! À quelques kilomètres de Bégard, tu arrêtes ton blind-test et tu te mets à réviser comme un étudiant avec ses fiches bristol avant le bac. Quel jour on est ? Tu ne sais pas répondre à ta question. C'est bien mardi, ton anniversaire ? Bonne réponse. Et tu repars bien demain matin ? Non, tout à l'heure. Fin des fiches, tu te concentres pour ne pas oublier les réponses avant de t'asseoir sur la chaise face au psy, je passe le grand portail vert de la fondation.

T'es arrivé là-bas comme une star, je ne peux pas mieux le dire. Heureux, euphorique, fier aussi un peu. Un grand coucou à un infirmier, et un « Ah punaise lui c'est mon pote, c'est quoi son nom déjà ? ».

C'est donc ça, Bégard. À Bégard on soigne des problèmes de dépendance à l'alcool ou autres produits toxiques. C'est là que t'as passé la moitié de ton temps ces dernières années. Je ne voyais pas du tout ça comme ça. Je m'imaginais un grand hôpital blanc sans lumière et sans jardin. Un truc pour les fous, quoi. Pas du tout. Erreur sur toute la ligne. Devant nous : un grand parc parfaitement entretenu, un bâtiment majestueux en granit rose. Trois étages, au deuxième les chambres avec de grandes fenêtres, certaines sont arrondies. Au rez-de-chaussée, les soignants. Tout en haut un toit en ardoise avec un peu de mousse jaune. C'est élégant, c'est accueillant. Je dis pas qu'on a envie de rester, je dis qu'on a pas forcément envie de repartir tout de suite.

Devant le bâtiment majestueux en granit rose, un cendrier en forme de sablier, et deux entrées avec deux espaces fumeurs. Deux entrées séparées par des barrières de festoche. D'un côté la cure, de l'autre la pré-cure. La pré-cure est encore à l'ombre à cette heure-là ; la cure, au soleil.

Les deux mondes sont séparés. Certains se font rappeler à l'ordre parce qu'ils ne sont pas du bon côté. « Revenez, vous savez que vous n'avez rien à faire là. »

En fait la pré-cure et la cure sont liées comme des sœurs, et indépendantes comme des adolescentes en crise.

La pré-cure, à droite, c'est un sevrage simple (alcool et autres produits). Ça dure huit jours. On y arrive souvent en urgence. Parce qu'on est allé trop loin. Mais on peut aussi y être admis sur avis d'un médecin. On est accompagné dans le sevrage, on se repose, le plus important, c'est l'état psychologique. On doit en ressortir apaisé en quelque sorte. Derrière, la cure n'est pas obligatoire.

De l'autre côté des barrières de festoche donc, la cure. Quatre semaines. Là on s'engage. On est motivé pour faire une cure, on ne vient pas sous contrainte. On est accompagné par un psychiatre, ou un addictologue. Je lis :

« Les activités de réflexion, d'expression, d'animation, et la rencontre hebdomadaire avec les groupes néphalistes (abstinents) participent au traitement et aux soins du patient. »

Tes passages en cure :

01/02/2022

01/02/2021

03/02/2020

30/12/2019

19/11/2018

11/10/2018

La pré-cure, je ne peux pas les compter.

De ce côté-là de la barrière, tout le monde se ressemble plus ou moins dans la fumée de cigarette. Des hommes en majorité. Le bide en bandoulière, le look en friche, la peau en miettes, le rire en façade. Ils sont une quinzaine.

« Oh le saint Dieu !!! »

Tu reconnais un de tes meilleurs potes d'ici. Il s'approche, il a une sacoche noire, un léger coup de soleil, une chevalière, des baskets, une polaire, et pour te réapprivoiser il lance :

« Eh ouais je suis revenu, mon pote... »

Il rit. Il rit fort, il rit gras, il est accoudé au mur de granit rose, il s'est éloigné du groupe pour te retrouver et il rit. Tu enchaînes :

« Elle est plus là, la petite jeune mignonne ? »

Tu ris. Tu lui demandes :

« Ben alors t'as fait un mois de plus, toi ?

– Ils m'ont viré, la dernière fois j'avais 2 grammes 5. »

Tu m'expliqueras après qu'il y a quelques mois, pendant sa cure, il est allé acheter des bouteilles à Intermarché. Cinq minutes à pied, pour une grande défonce avec du mauvais vin. Il s'est sauvé. Aujourd'hui il est revenu. Et puis il prend une voix douce, une voix qui entoure, qui encercle, une voix qui veut du bien :

« Et toi ça va ? T'as replongé ?

– Je vais pas te dire que je suis à 100 %, à 90 on va dire. Deux petites bières que je vais chercher à Intermarché.

– Fais gaffe quand même, moi j'ai essayé ça et à un moment donné j'ai replongé à pic.

– T'inquiète, je fais attention, ça s'appelle un plaisir. Je vais la chercher, je la prends, je me contrôle.

– Fais gaffe quand même. C'est ta fille ? »

Tu dois lui avoir dit oui, je salue, sujet suivant.

« Alors y'a quatre nanas maintenant c'est peinard ! Tu te rappelles du p'tiot, là, le fada Nico ? C'était un fada, lui… On a des nouvelles de lui ?

– Il a déconné quand il est sorti, mais depuis, plus rien, il a même repris son taf. Bon, allez, je vais me raser… À plus et bon courage pour la suite. »

Il s'éloigne dans la fumée de sa sixième cigarette. Tu me racontes que tu le connaissais super bien, que tu mangeais souvent avec lui. Tu te rappelles plus son prénom.

La fenêtre d'une chambre au-dessus de nous est ouverte, elle crache le bruit d'une douche et d'un tube de Mylène Farmer. « C'est une belle journée. »

Tu me dis que toi aussi, un jour, tu as ramené de l'alcool à la cure. Encore acheté à Inter, encore caché dans l'armoire, les infirmières l'ont trouvé. T'as fini à l'isolement pendant un jour, c'est comme ça que tu appelles le fait de ne pas manger avec les autres. On entend un mec gueuler : « Croisez les doigts pour moi, les mecs ! » Et puis encore le bruit de la douche depuis la fenêtre en haut, et puis toujours Mylène Farmer. « Tout est K-O à côté, tous les idéaux des mots, abîmés… Je cherche une âme qui… pourra m'aider. » C'est l'album complet, et je m'invente un tas de choses. Je me dis que c'est un hymne pour cet homme, et que tous les matins *Désenchantée* résonne dans sa douche. Je me dis qu'il est en train de faire mousser ses cheveux, que c'est le moment où il échappe au monde. Je l'imagine apaisé, sûr de lui, prêt à sortir... Je l'imagine, et je sais ce qu'il a perdu dans ses crises, ce qu'il a laissé traîner, bâclé, amoché. Je pense à ce qu'il veut reconquérir. J'imagine les siens, j'aimerais leur dire que le matin, à 9 h 43, il chante qu'il marche dans les eaux troubles. Peut-être que ça leur ferait du bien.

Avec une heure de retard, tu rentres dans le cabinet du psychiatre, de ceux qui tapent sur leur clavier avec les deux index. Je ne sais pas si tu as bien récité ta leçon, si t'as répondu correctement aux questions. Date du jour, anniversaire et tutti quanti, mais quinze minutes plus tard il me fait entrer. Je suis gênée d'être là, dans ton intimité, et en plus j'ai pas appris grand-chose. Il dit que t'es pas débile, en pensant que je le pense. Que le problème, c'est plus tant l'alcool, mais de trouver un moyen de te réinsérer avec le syndrome de Korsakoff, irréversible, précise-t-il bien. Le problème, c'est que rien n'est prévu pour les gens comme toi. Avant 60 ans, absolument rien. Tu peux faire des cures et des cures d'un mois évidemment, mais pour vivre seul, et revenir dans la société, que dalle.

En février 2019, après une cure, on a essayé un séjour en hospitalisation complète dans un « service de soins de suite », ça dure un mois, renouvelable en moyenne deux fois. Le service accueille les gens uniquement après une cure de sevrage.

Après ça, y'a rien. Aucune solution avec accompagnement long terme pour les moins de 60 ans. On te propose d'attendre ton anniversaire et d'aller en Ephad. Superbe idée pour te mettre encore plus au fond du trou…

On ne te propose rien pour l'après, pas de village adapté comme on fait pour Alzheimer par exemple. Sauf le village Saint-Joseph (on en parle juste après) et une unité Korsakoff à Villeneuve-la-Garenne, qui reste un cadre hospitalier. Il n'y a que trois ou quatre structures Korsakoff en France. Alors qu'au vu des chiffres, de plus en plus de personnes auront perdu une partie d'eux à cause de l'alcool avant 60 ans. On ne te propose rien alors, à dans un mois, et débrouille-toi.

On est remontés dans la Clio blanche direction chez mamie. Tu m'as fait arrêter à peine la seconde passée pour dire bonjour/au revoir à un infirmier. J'ai remis Nostalgie sur mon téléphone. C'était Michel Fugain, « Chaque jour de plus ». Là y'avait plus de blind-test, juste tes yeux fixés sur la route, et sur Intermarché qui se rapproche, juste ça et ta voix qui dit « Trouve-moi un appartement ». Je t'ai laissé à Intermarché et j'ai acheté des fleurs.

Syndrome de Korsakoff

Pour te comprendre désormais, il faut passer par Korsakoff. C'est notre point relais. C'est presque devenu un ami de la famille, celui qui vient déjeuner le dimanche midi sans prévenir, sans apporter le pain. Pour te comprendre, il a fallu le connaître mieux, accepter qu'il mette les pieds sous la table, et qu'il ne débarrasse quasiment jamais. Je l'ai apprivoisé, Korsakoff, j'ai presque envie de lui donner un surnom et d'être sympa avec lui. Mais les autres, ils savent pas. Et s'ils avaient su, ta mise en invalidité en 2019 aurait peut-être été moins violente. Et lire « L'état de santé du salarié fait obstacle à tout reclassement dans un emploi » sur la fiche du médecin Emmanuelle aurait été moins dur.

Il existe beaucoup de maladies « médiatisées » et c'est tant mieux. Des maladies qui ne sont pas, plus, cachées. Pas, plus, taboues. J'en suis un peu jalouse, j'dois bien l'admettre. Parfois par exemple, j'aurais préféré que tu sois frappé par Alzheimer. Au moins, la société aurait eu pitié de toi, elle t'aurait laissé une chance, une place, elle t'aurait tendu la main. Les malades alcooliques chroniques avec lésions cérébrales n'ont pas cette chance. D'abord parce que beaucoup ne considèrent pas ça comme une maladie, mais comme une stratégie de fuite, un plan, pas franchement préparé, pour s'évader, un manque de caractère, un problème de volonté.

Tu l'as bien cherché.

Tu aurais pu t'arrêter.

Tu aurais dû cacher les bouteilles.

Tu aurais dû régler tes problèmes au lieu de les fuir comme ça. Je l'ai souvent entendu à ton sujet. Il va pas bien, alors il boit, ça ne s'arrange pas, alors il boit. Mais il peut y arriver, il va bien s'arrêter un jour. Dans leurs yeux, tu n'es pas malade. C'est faux.

Ça a pris du temps, mais l'alcoolisme est désormais reconnu comme une vraie maladie. Pendant des années on a dit que c'était la faute à l'enfance et aux souvenirs douloureux. Ce n'est pas ça, pas que ça.

L'alcool a ravagé ton cerveau. Tu souffres du syndrome de Korsakoff.

Korsakoff pourrait être un superbe auteur de livre russe. Ça en mettrait plein les yeux dans les dîners :

« T'as lu le dernier Korsakoff ?

– Encore une belle claque... quel style ! »

Korsakoff met en effet une belle claque puisque c'est un syndrome lié à l'alcoolisme et découvert par le neuropsychiatre russe Sergueï Korsakoff à la fin du XIXe siècle. Syndrome qui peut se vanter d'arriver en cinquième position dans les recherches YouTube après le syndrome de Diogène, celui de la Tourette, de l'imposteur et de Noé. Et juste avant le syndrome de l'essuie-glace (maladie du genou des coureurs). Pourtant, peu de gens le connaissent.

Korsakoff est irréversible. Je l'ai rencontré y'a pas si longtemps et si je l'avais connu plus tôt, j'aurais sûrement été moins dure avec toi.

Je vous mets là-dessous ce que ça veut dire en langage médical :

Déficit en vitamine B1 (dû à des carences alimentaires ou à l'alcoolisme chronique). La vitamine ne se fixe plus, le cerveau s'atrophie.
Cela engendre :
– Des lésions irréversibles dans certaines régions du cerveau. Oublie des informations enregistrées après l'installation de la maladie.
– Désorientation spatio-temporelle.
– Confabulation. Le patient fournit d'autres récits, d'autres histoires de ce qu'il s'est passé.
– Anosognosie. Ignore ses difficultés et dit qu'il n'a pas de problème.
– Troubles de l'équilibre. Troubles visuels.
– Manifestation des troubles exécutifs. Soit de l'excitation, avec désinhibition, impulsivité et irritabilité. Soit apathie : manque d'initiative et émoussement affectif.
Toute reconsommation nuira gravement à l'état de santé de la personne.

La récupération de l'état antérieur du patient est impossible.

Manque de structures adaptées. Hôpital psychiatrique ou maison de repos ne conviennent pas.

Sources : « Vivre avec le syndrome de Korsakoff », Éric Debersaques
Groupement de spécialistes de plusieurs institutions hospitalières belges.

Je vous laisse digérer ces informations, je me fais un thé.

J'ai pris un truc aux queues de cerise. Je vous dirai si c'est bon.

En gros, je crois avoir été clair, Korsakoff, c'est ce qui nous éloigne, autant que ce qui m'a ramenée à toi.

Et je le redis, apprivoiser ce syndrome m'a sauvé la vie. Je sais maintenant que quand tu dis que tu viens et que tu me poses un lapin, c'est parce que Korsakoff te fait planer. Je sais maintenant que c'est pas que tu voulais pas t'en sortir, c'est que Korsakoff te capture, je sais maintenant. C'est déjà énorme de savoir.

L'épisode qui représente le plus l'incompréhension des gens face à Korsakoff, c'est peut-être celui-ci :

On est tous ensemble, autour d'une grande table comme la Bretagne sait parfaitement le faire. C'est la famille, la fête, et toi aussi tu veux en être. Protecteur, inquiet, maladroit ou hypocrite, on te refuse la coupe de champagne. Tu t'énerves, tu cries, t'as le regard noir, tu ne comprends pas pourquoi toi tu ne peux pas être de la partie. Pourquoi l'alcool coule à flots ici, et toi, tu ne peux pas placer ton gobelet en dessous de la fontaine. Alors tu pètes un câble et au moment de te coucher tu refuses de rejoindre ton lit. Tu ne sais d'ailleurs plus où il est. Tu es sous médicaments pour être sobre, tu as réussi à boire quand même. Le cocktail te fait sortir de toi. La fête s'est achevée plus tôt, on est en train de ranger. Tu vas dans la petite pièce à côté où il y a le frigo où on met le fromage et la table à repasser. La pièce où dort ton chien. Tu es tout habillé, tu prends une couverture et tu t'allonges à côté de lui. Tu passeras la nuit ici, à même le sol. Je n'oublierai jamais.

Le thé aux queues de cerise, c'est bof et y'a du calcaire qui flotte dans ma bouilloire.

***

Coup de téléphone du 1er mars 2021.

C'est déjà le printemps. Je suis en train d'écrire sur le balcon.

J'écoute « Drôle d'époque » de Clara Luciani et au moment du « T'as l'allure de ton père », tu m'appelles. Tu vas bien. C'est ce que tu dis. Ça fait trois semaines qu'on s'est pas parlé au téléphone.

Ta voix est claire, tes propos, plutôt cohérents.

Tu me dis tu viens quand en Bretagne, je réponds que j'en sais rien.

Tu me dis prends le Concorde, je te dis qu'il n'existe plus, tu me dis si, il est juste à l'arrêt, comme la tour Eiffel.

On est sur écoute. C'est Korsakoff. Lui, et ses propos incohérents. C'est con, mais tu me fais rire.

Je te demande si tu prends toujours tes médicaments, tu me dis que oui et me demandes si je sais pourquoi tu les prends.

Oui je sais.

Et toi tu sais ?

Ben oui, je sais, c'est pour pas gueuler.

Pour ne pas être irritable, tu veux dire à cause du syndrome (j'aurais dû répondre ça, mais on ne se le dit jamais vraiment).

Et l'autre médicament, c'est pour quoi ?

Pour arrêter.

C'est dur à dire, contre l'alcool, tu dis pour et pas encore contre, c'est dur à dire, tu ne le prononces jamais ce mot, d'ailleurs, alcoolique.

Le jour où tu y arriveras, tu auras gagné.

Tu me dis que tu es à 90 % sauvé et qu'il te reste 10 % à régler.

Je suis obligée de te croire, encore.

Retraite spirituelle. Dernière chance ?

J'ai reçu un SMS un matin de novembre : « Ton père part en repos quelque part dans une sorte de foyer spirituel. Il n'a pas le droit à son téléphone. Aucun contact avec l'extérieur. Il y restera jusqu'au réveillon. Et pour six mois si ça fonctionne. » J'ai souri. Le message, c'était mon oncle. J'ai souri de soulagement. Pas le fameux « ouf », non, le sourire coton. Celui qui dit « alors peut-être ? ». Celui qui se projette déjà dans six mois.

Après cinq cures sans succès et autant de rechutes sans éclats, tu retournes te battre contre toi-même, tu repars chercher ta paix.

J'ai lu le SMS trop tard, ton téléphone était déjà rangé. J'aurais voulu t'encourager, te dire n'importe quoi, même l'immensément ringard « Cette fois, c'est la bonne ». Je m'en suis voulu.

C'est donc dans un petit foyer des Côtes-d'Armor que tu as passé tout ton mois de novembre et de décembre. Juste toi et ta quête. Je savais rien de ce village, j'ai donc fait mes recherches et voilà ce que dit le site Internet :

« Petit foyer d'amour, de prière, d'accueil : dans un cadre familial, permettre aux plus blessés de faire de leur fragilité un don pour l'autre. »

En gros, c'est là qu'on se remet debout, c'est là qu'on choisit de pousser sur ses jambes comme pour un virage à la piscine. J'ai cliqué sur un onglet et j'ai vu « spiritualité et prière trois fois par jour ». Et merde, une secte, il manquait plus que ça. Et puis je me suis dit que je préférais un père qui prie plutôt qu'un père qui dort.

J'ai rangé mes a priori et j'ai lu encore :

« 8 à 12 personnes pas plus », bien loin des grands foyers d'hébergement.

Les séjours proposés vont de six à vingt-quatre mois.

Objectif : retrouver des horaires, le goût de l'effort et du travail bien fait. Activités : mosaïque, cuir, feutre, confection de chapelets ; poules, bois, maraîchage, espaces verts. Une activité le matin, une l'après-midi.

Dans chaque foyer on fait sa cuisine, et son ménage.

Si la mosaïque t'aide à renaître, ce serait quand même grandiose niveau métaphore. Alors OK, c'est parfait, les ringards n'ont pas tort en fait, cette fois, c'est vraiment la bonne. Pendant tout ce séjour j'ai jamais eu autant envie de t'appeler, jamais autant espéré. À ce moment-là, je m'appuie tellement sur cette option que j'en ai des crampes. Je suis convaincue que ça va marcher, je veux vivre ça avec toi.

J'ai guetté la boîte aux lettres comme on attend un adolescent qui rentre tard. Sauf que, là, l'adolescent découche. T'avais le droit à ce contact postal. Mais je n'ai pas eu d'écriture en italique. J'ai pas osé appeler le secrétariat. C'était possible, au bout de trois semaines on pouvait. Je l'ai pas fait.

J'avais sûrement peur de ta voix qui dit : « C'est bon, je suis en pleine forme, j'ai plein de projets, c'est fini tout ça. » Et qui rechute encore.

Et là, le « cette fois c'est la bonne » redevient ringard. Cruel et ringard. Je voudrais l'écraser, je voudrais lui crier à la figure cette expression pourrie. Je voudrais lui dire que je n'attendais rien d'elle et qu'elle m'a quand même déçue.

À ta sortie tu me téléphones. Je te pose la grande question : « Alors c'était comment ? », mais mon espoir est mince. Tu dis que ça va. Tu dis que tu voulais pas rester plus parce que tu t'entendais pas bien avec ton tuteur. C'est quand même le comble pour un arbre en peine de rejeter son tuteur. Tu veux prendre ton propre appartement, intégrer une association, mais je sais déjà que ce sera encore pas pour cette fois.

Tu m'as lancé : « Embrasse tous ceux que tu aimes. » Tu as raccroché en disant « À plus ». Là-bas, tu as bêché dans le jardin, mais snobé la mosaïque.

Camping de l'Artodois

Une nationale coiffée en brosse par des magasins de poteries et des vendeurs de céramiques. À un kilomètre, la mer. Quelques dos-d'âne qui font taper la tête contre le plafond de la voiture. Des lauriers du mois d'août, des palmiers, des cigales. Un portail. Des brassards jaunes, plein de brassards jaunes, une piscine de brassards jaunes. Un snack qui sert des frites mayo-ketchup à quatre heures de l'après-midi. Des doigts dégoulinant d'huile. Quatre poubelles de tri, une borne d'incendie. C'est la saison des feux de forêt et ça brûle à côté, ils en parlent dans le flash info de NRJ. Des pins, plein de pins. Un terrain de boules, un toboggan, des tongs, des mobil-homes avec des matelas qui font du bruit quand on se tourne. Une terrasse, des glaçons, encore des tongs, des slibards. Et puis nous. On vient de garer la Renault 21 au milieu de tout ça. Elle est là, elle a tenu les trois heures et demi de route. On n'en sort pas indemne. Je crois que c'est la première fois que je me suis rendu compte que j'étais en âge de transpirer. C'est peut-être aussi parce que j'ai mis deux soutifs pour faire croire que j'ai ne serait-ce qu'un début de poitrine. On est là, plantés là, parfaitement là, et à ce moment-là, j'suis heureuse. Ça se voit un peu, vous allez me dire... J'ai quand même essayé de rendre belle une scène d'enfants avec des brassards jaunes qui pullulent dans une piscine. Je vous assure qu'à ce moment-là je n'aurais rien voulu d'autre. J'échangerais ça contre rien. C'est la première (et la dernière) fois qu'on part en vacances avec toi ailleurs qu'en Bretagne. T'as une nouvelle copine. Elle s'appelle Marie. Elle est aussi nuisible que vitale pour toi. Nuisible parce que comme beaucoup de fois t'es déjà trop accroché, c'est une autre addiction, tu ne vois plus que par elle et tu lui fais peur ; vitale parce qu'elle s'applique à te donner envie. Tu lui fais des blagues sur les plats cuisinés qui portent son nom à chaque fois qu'il y a la pub à la télé. Et ce n'est pas rien.

C'est elle qui a eu l'idée du camping. Avant ça, les vacances c'était en Bretagne chez mamie. Un mois l'été à Trébeurden. Nous un mois. Toi deux semaines.

C'était comme ça et pas autrement. On adorait ça, et on avait fini par se faire à l'idée que tout ce que tu pouvais nous offrir l'été, c'était les trains Valence-Lyon / Lyon-Rennes / Rennes-Guingamp.

On est là, plantés là, parfaitement là. Avec nos sacs de courses pleins de Kiri et de MaronSui's parce qu'arriver au camping et pouvoir remplir le frigo direct, c'est déjà des vacances réussies.

Ça ne devait pas être aussi parfait que dans mes souvenirs. D'abord parce que marcher sur les aiguilles de pin pieds nus, ça fait mal, et puis parce que personne ne salive vraiment à l'idée de faire les trois spectacles « campingesques » de la journée, et puis peut-être qu'on avait même eu un jour de flotte. Mais qu'importe, on était en vacances avec une terrasse semi-abritée de 15 m^2, tu allais mieux et, là encore, ce n'est pas rien.

Il y a eu du Luna Park en veux-tu en voilà, des canettes d'Ice Tea, des copines d'été pour moi et de la pétanque. Le soir, on traînait dans les allées du camping et tu restais sur la terrasse avec Marie. Le simple fait de savoir que tu serais là, en bon état, pas cabossé, et même capable de me demander comment s'était passée ma soirée quand je serais rentrée me suffisait.

Je les imagine, je les cajole, je les enrobe, ces souvenirs. Peut-être même que j'en rajoute, que je me raconte des histoires. Peut-être que tu dormais déjà quand je rentrais des allées du camping. Mais je m'en fous. Je me suis fait de ces vacances une bulle. Je l'aurais vécu au moins une fois.

Par exemple au Luna Park, je nous imagine un beignet au Nutella à la main, bien habillés parce que c'était la sortie de la semaine, je nous imagine bronzés, je nous sens, on sent bon, on est beaux et on traîne d'attraction en attraction. J'imagine que moi, étouffée par mon courage, j'ai pas fait le grand huit ni l'ascenseur qui chute et qui fait remonter l'estomac dans les amygdales, j'espère que tu es resté avec moi en bas pour attendre les filles, je crois que oui. J'imagine qu'on a tiré à la carabine et qu'on a ramené une énorme peluche tout ce qu'il y a de plus immonde. Rose, blanche et fabriquée en Chine. Mais c'est mon père qui l'a gagnée, alors je suis enfin dans la norme, enfin dans le comme tout le monde. J'imagine qu'on a eu droit au « Pas plus de quarante euros chacune ! ». Je suis quasi sûre que j'ai quémandé cinq euros de plus pour attraper un porte-clefs lumineux aux machines à pinces (celles où tout le monde sait qu'on n'a aucune chance de gagner, celles où on s'est tous déjà dit « c'est de l'arnaque, laisse tomber », celles où quelqu'un nous a déjà rétorqué « tu vas voir si c'est de l'arnaque »).

J'imagine qu'on est remontés dans la Renault 21, nous et la grosse peluche immonde, direction le camping. Je me souviens même qu'on l'a laissée au mobil-home parce qu'on n'avait pas assez de place pour la remonter. Je l'aimais bien, cette Renault 21, elle était pas spécialement belle ni vraiment stylée, mais elle faisait le taf. Je suis plus vraiment sûre qu'on ait laissé la peluche au mobil-home. Elle était peut-être coincée entre moi et J. sur son téléphone en train de dire au revoir à son amour de vacances. Je sais qu'au retour il y avait un sombre groupe nommé Tribal King qui crachait dans le poste « Je veux que tout le monde bouge ses fesses » et je me suis endormie.

Yes Man

C'était un jour de semaine. Un mercredi après-midi, au coin de la rue des kébabs. La rue des kébabs, c'est une rue de Valence avec tout plein de kébabs. Enfin, c'était avant, maintenant je sais plus. C'est aussi la rue de mon auto-école, là où j'ai eu mon permis, là où j'ai passé mon code, là où je me rendais quand je séchais les cours d'histoire de l'opéra à la fac quatre cents mètres plus loin, parce que t'es bien sympa, mais j'ai 18 ans et j'en ai rien à foutre de l'opéra. Je suis en voiture à l'arrière avec une amie d'enfance. Sa maman nous emmène au ciné voir *Yes Man*, une bouse avec Jim Carrey. On a le droit de le dire, Jim ne lira pas ce livre. On est presque arrivées, elle tourne au coin de la rue, elle regarde forcément à droite. C'est le préau d'un magasin de vêtements. Il y a quelqu'un couché dessous, sur une couverture. Elle dit en tournant (et je vois encore sa main droite remonter par-dessus sa main gauche pour attraper le volant plus haut et continuer de tourner) « C'est pas ton père, ça, Olivia ? »

Comment vous dire… Comment exprimer ça ? Je crois, je sais, j'en suis sûre : il y a des phrases qui te marquent à vie. À l'infini. Elles ne te frôlent pas comme un énième astéroïde le fait avec la Terre, non, elles te pénètrent si fort qu'elles finissent par faire partie de toi. Celle-là, malgré moi, fait désormais partie de moi pour toujours. Alors j'ai collé ma tête à droite tout contre la vitre, j'ai posé mes mains, j'ai essuyé la buée… C'était déjà trop tard. Je n'ai pas eu le temps de vérifier si c'était toi. Pas eu le temps de me rassurer, d'ôter le doute, d'écarter l'éventualité, de briser l'interrogation. Mais qu'importe. Finalement, je n'avais pas besoin de réponse. Le fait même d'avoir entendu cette hypothèse, d'y avoir moi-même songé, de m'être dit « Et si c'était mon père là par terre », avait déjà brisé mon petit cœur de 13 ans d'âge.

En commençant ce livre, je voulais raconter ici les épisodes d'arrestation en état d'ivresse sur la voie publique, les coups de téléphone pour dire que la police est venue te chercher parce que t'as eu un accident sous alcool, les copines qui me disent après avoir acheté leur clic-clac que mon père sentait l'alcool au magasin, les bières confisquées avant d'embarquer en avion pour la Bretagne et le moment où l'aéroport entier remarque que mon père est en train de vider son sac et qu'à l'intérieur il n'y a que trois vêtements pour six canettes. J'étais déterminée à tout dire dans les moindres détails : le mal, la honte, la peine. Est-ce que j'ai toujours envie d'étaler ça ici, je ne sais pas, est-ce que c'est nécessaire, je ne sais pas. Toi, tu ne dois plus t'en souvenir, et vous, vous auriez ce regard. Voilà ! Ce regard-là… Celui que vous êtes en train de faire.

Le bonheur est dans la pétanque

Ça fait « clac », puis « clac-clac », c'est difficile à décrire comme bruit, ça rebondit un peu, c'est assez léger mais un peu grossier en même temps. Ça énerve et ça déconcentre. Pour trouver ce que c'est ce bruit, faut s'imaginer. Des pieds dans des sandales trouées, des sandales trouées sur du gravier, du gravier autour des platanes, des platanes qui surplombent quelques bancs un peu rouillés, un peu tagués. Et dessus, une sacoche, et dedans, des boules. Elles appartiennent au monsieur avec les sandales trouées, celui qui traîne des pieds sauf quand c'est pour une partie de pétanque.

Et le bruit, c'est lui, quand il a les mains croisées dans le dos, quand il a les boules dans ces mains croisées dans le dos, quand il les fait tourner entre elles et qu'elles claquent, quand il attend son tour. Le « clac » puis le « clac-clac » qui énervent et qui déconcentrent, c'est mon père qui joue aux boules. Je vous avais parlé du rosé et des cigarettes à la menthe en madeleine de Proust paternelle, eh bien j'ai aussi ce bruit-là. Mon père adore jouer. Depuis toujours et pour toutes les occasions. Il n'aime pas forcément gagner, il déteste même pas perdre, lui, ce qu'il veut, c'est jouer. Au début, je prenais ça pour une obsession.

Le tiercé, c'était tous les jours, et ça rapportait rien. En même temps, quelques gratte-gratte (des jeux à gratter, on l'aura compris) parce qu'après tout pourquoi pas, si on peut devenir millionnaire, on sait jamais. Il offrait même souvent ça à Noël. Les pochettes de jeu à gratter de la Française des jeux. Succès phénoménal, tout le monde était heureux d'avoir sa pochette sous le sapin accompagnée d'une tape dans le dos et de l'incontournable : « Si tu gagnes, on partage. »

Ces jeux-là donc, et puis tous les autres. La pétanque, le mölkky, le palet breton, vendéen, la boule bretonne, les fléchettes, le Rummikub, le Scrabble, le rami, la belote.

Et rebelote, je me disais là aussi que c'était une obsession. Et puis j'ai compris récemment que réclamer une partie de boules ou de mölkky, c'est aussi fort qu'un « je suis heureux que tu sois là » pour toi. Ça a la même valeur qu'un « tu m'as manqué ». Parce que maintenant, à cause de Korsakoff, c'est ton seul moyen de t'exprimer, de communiquer avec les autres, d'être un peu comme avant. Quand tu joues, tu feins au monde d'avoir perdu un tiers de ta cervelle. Tu feins au monde d'avoir pris une canette juste avant de commencer la partie. Tu fais illusion sur un carreau, tu rigoles, tu tapes dans les mains, tu fais à nouveau partie d'une équipe.

Alors, oui, au coup suivant tu dis que t'y vois rien, tu loupes ton tir, et on se rappelle alors que c'est quand même pas bien beau à voir ce que Korsakoff a fait de toi. Mais au moins le temps d'une partie on a été dans la même team, sur la même longueur de boules, c'est l'hymne du cochonnet.

Et puis sans cesse tu veux que ça recommence, quand le jeu se termine tu fais la tronche, tu boudes, tu pars dans ton coin, tu supportes pas que ça s'arrête. Parce qu'après tout on était bien là tous ensemble, non ? Pourquoi chacun irait reprendre sa vie ? Pourquoi ça peut pas être comme ça, la vie ? Pas de responsabilité à part celle du point de la gagne, plus de décisions à part tu pointes ou tu tires. Ou l'inverse. Mais au moins, à l'endroit ou à l'envers, ça tu connais, au moins, là, t'as le droit d'être dans le coup. Ça t'intéresse plus, les grandes tablées, les réunions d'anciens combattants où on se donne les dernières nouvelles et les bravos tout frais. Ça t'intéresse plus parce que tu peux plus suivre. Alors que les règles de la pétanque, c'est simple comme bonjour et depuis toujours : à 13 points, c'est gagné !

Gaston y'a le téléphon qui son

16 septembre. Un coup de téléphone.

C'est mon oncle. Il me dit que ça ne va pas du tout.

Je t'ai laissé il y a deux mois, tu n'allais pas spécialement bien non plus, mais là c'est pire.

Prise de sang, gamma GT trop élevés : c'est le foie.

Tu continues de boire.

Et ton rendez-vous chez le psychiatre de ce matin est sans appel : c'est pire que la dernière fois.

Ton cerveau est encore plus gris qu'avant.

Tu ne te souviens plus de rien quasi instantanément maintenant.

Tu as une voix d'enfant au téléphone. Mon oncle vient de te passer le combiné.

Tu me dis que ça va, mais que tu t'ennuies.

Tu ne racontes pas qu'à un anniversaire samedi dernier tu as pété un câble et que tu as gueulé sur tout le monde.

Tu te sens certainement incompris, parce que c'est vrai, personne ne sait où te mettre ni comment te gérer.

Tu as rendez-vous cet après-midi pour visiter un appartement. Tu me parles d'un « appartement » parce que c'est ton rêve, mais je sais qu'en réalité il est question d'une résidence senior médicalisée avec assistance vingt-quatre heures sur vingt-quatre.

Tu lui fais répéter le lieu exact, tu ne sais plus.

Ce sera à Perros-Guirec, à huit cents mètres de la mer.

Une résidence pour les vieux à 59 ans, on le craignait, on y est : c'est tout ce que la France peut t'offrir. Tu n'es pas autonome, tu ne peux plus vivre chez ta mère, car elle s'épuise, il n'y a pas d'autre solution.

Ce sera pour deux mois d'abord, puis plus, si affinités. Tu ne t'occuperas pas de ton linge, ni du ménage, ni des courses. Je te dis que t'as de la chance, que tout le monde en rêve et que moi ici à Paris je voudrais bien qu'on s'occupe de mon linge.

Ça te fait rire, tu me dis « ben, t'as qu'à venir ici ». Puis « mais c'est parce que c'est un appartement spécial parce que moi je suis spécial ».

***

Je suis dans le métro, je rentre d'un verre et toi, toi tu y es. En résidence senior à Perros-Guirec. Tu vois la mer depuis ta fenêtre. Elle n'est pas à huit cents mais à cinq cents mètres finalement. C'est déjà ça de pris. C'est grand, ton nouveau chez-toi. Y'a même un meuble pour ranger tes vêtements, c'est ce que tu me dis. Tu veux faire ta machine, c'est un point d'honneur, même si quelqu'un est prévu pour ça. Tu sais pas si tu le sens bien. T'as vu deux personnes jouer au Rummikub dans la salle en bas. Tu n'oses certainement pas me le dire, mais ce sont des vieux qui perdent la boule. Peut-être que j'arriverai à jouer avec eux, c'est ce que tu espères à voix basse.

Il est 22 h 39. Ça faisait des années que je t'avais pas entendu à 22 h 39, des années que tu sombres avant la fin du journal. Il est 22 h 39 et, là, tu ne dors pas. Tu vas regarder la fin du foot. Comme avant, et te coucher. Tu m'as l'air perdu mais apaisé. Tu me dis merci d'avoir appelé.

J'ai essayé de te rappeler d'ailleurs, une semaine après. Tu n'as pas répondu ni cherché à me joindre après. Et à nouveau, donc, le silence. Je dois apprivoiser les espaces vides et l'absence. Comme quand j'étais petite. Maintenant j'arrive à le faire avec mon imagination. Ce que je ne pouvais plus faire de mes 14 à mes 24 ans parce que je m'inquiétais trop pour toi et que ça me bouffait. J'ai changé. Alors là tu vois par exemple, je t'imagine les mains dans les poches en train de marcher sur la plage. J'imagine qu'il y a du vent et de la petite pluie fine sur ton blouson RG 512 avec la fermeture éclair pétée. J'imagine que tu racles le fond de ta gorge, que c'est la dixième fois que ta main passe dans tes cheveux et que tu te répètes : Mais comment on fait pour remettre le son sur ce téléphone ? Tu es censé avoir des écouteurs pour m'entendre le matin à la radio, mais tu as sans doute l'impression qu'on ne t'a jamais expliqué où est l'onglet adéquate sur ce portable « de merde et qui marche pas ». Tu as peut-être revu la fille de la cure de Bégard que t'aimais bien. J'ai jamais pensé que c'était une bonne idée. Elle habite dans le coin, elle aussi tu devais la rappeler. Tu t'es sûrement arrêté a une supérette pour prendre une canette, c'est pas autorisé dans la résidence senior, mais je suis sûre que t'as trouvé une combine pour y arriver. Tu es en train de faire la sieste. La main sur la cage thoracique, la bouche ouverte et les genoux repliés. Est-ce que tu t'es fait des amis ? J'imagine Renée, une vieille qui joue aux dominos et qui t'a pris sous son aile. Allez, on va dire que oui, tu fais une partie avec elle, dans ce cas-là tu lui as mis la pâtée. Ton appart est super bien rangé, ça c'est une évidence. Peut-être que tu te fais chier ou que tu te sens libre. Peut-être que t'es heureux ou que t'es ivre. Mais rien que de te penser, toi et Korsakoff, en sécurité, proches des embruns et du vent frais, moi ça me fait du bien.

Quelques semaines plus tard, tu donnes des nouvelles. T'as la voix fragile et t'as l'air fatigué. Tu es toujours là-bas. Je t'imaginais heureux dans les embruns, mais tu déprimes. Tu as marché hier, moi je cours partout, tu as marché toute la journée et ça t'a fait du bien. Tu dis que tu vas mal, y'a bien la mer, mais t'es seul. Oui, l'appartement est génial, mais y'a que des vieux ici. Que des vieilles précisément, des vieilles dont tu écoutes les histoires assis sur un banc. Tu dois certainement leur chanter que les méchants c'est pas nous. Tu as dû faire ça. Tu n'es pas à ta place, ça se confirme. Le soir tu te fais réchauffer des plats que mamie t'a donnés le dimanche pour la semaine. Et puis tu regardes la télé, les vieilles te racontent des histoires et les vieux te parlent de moi. « C'est ta fille à la télé le soir ? » Tu dis oui. Peut-être que t'es un peu fier. Tu ne regardes pas tous les soirs parce que t'es crevé. Tu me demandes si ça va, s'ils sont gentils avec moi dans ce nouveau boulot. Tu espères qu'on se reverra bientôt, le plus vite possible. J'y crois moyen, j'ai des choses à faire, notamment terminer ce truc, tant que je n'aurai pas fini, je ne sais pas si j'aurai la force de te revoir.

Ainsi font font font les petites marionnettes

Je ne sais plus par où prendre ce livre et je ne sais plus quoi écrire.

J'attends le 8 septembre comme un électrochoc. J'ai rendez-vous au service de psychiatrie et d'addictologie de l'hôpital Paul-Brousse pour une immersion dans le service du professeur Benyamina. Ce n'est pas un endroit où on entre comme dans un moulin. C'est très protégé, notamment pour la vie privée des patients admis ici. Mais le professeur a dit oui quand il a su que je voulais voir où toi tu avais mis les pieds.

La dernière fois que je t'ai vu, c'était il y a des mois, pour le début du Tour de France. Je le couvrais pour France Info. Le départ avait lieu en Bretagne, avec un passage d'étape à Trébeurden. Chez mamie, quoi. J'ai pris ça comme un signe, une fierté, boucler la boucle avec la grande. Lors de ma visite tu n'allais pas bien, tu n'étais pas encore en résidence senior, tu n'avais même pas la forme des petits jours. Plus grand-chose sort de ta bouche, t'es de plus en plus paumé, mais ça ne m'énerve plus trop. Lorsque j'ai commencé à écrire, j'avais beaucoup de haine en moi, au fil des chapitres mes sentiments jouent les caméléons, j'ai lu quelque part (et je ne citerai pas la référence, car elle n'est pas glorieuse et je ne serai jamais invitée à « La Grande Librairie » si je le fais) qu'il y a plusieurs étapes au chagrin, à la peine : le déni, la colère, la négociation, le désespoir, l'acceptation. Eh bien je crois que je suis passée par plusieurs étapes, mais que l'objectif un peu thérapeutique de ce livre fonctionne, ça me prend beaucoup d'énergie, ça occupe tout l'espace, mais ça fonctionne.

J'arrive quand même encore à me faire surprendre et à faire demi-tour sur le GR 20 de l'acceptation (ça non plus ça passe pas pour « La Grande Librairie », j'espère que ce sera corrigé à la relecture). Par exemple, le 27 juin, on se donne rendez-vous au rond-point du haut de Trébeurden pour le passage du Tour de France. Les coureurs y seront à 13 h 40 environ. Moi, je dois donc y être un peu avant. Je te propose alors qu'on se rejoigne aux alentours de 13 heures/13 h 15 pour te donner quelques cadeaux et qu'on se fasse coucou, toi sur le côté, moi dans la voiture France Info. C'est là que la boucle aurait été bouclée. L'accomplissement, la fin des cinq étapes de la peine et de l'abandon, ça m'aurait fait un beau truc à raconter ici. Raté. Je suis passée à 13 h 15, j'ai ralenti, je t'ai cherché des yeux et, comme quand je t'attendais devant chez maman tant de fois, personne. T'étais pas là, alors j'ai rangé mes tee-shirts à pois et les casquettes que je voulais t'offrir. Alors on a accéléré, on a tracé, continué la route, sans la boucle bouclée à raconter. Au téléphone plus tard tu me diras que tu t'étais mis un peu plus bas. Que tu n'avais pas compris. Comme à chaque fois, on était à ça de ne pas se manquer. Vous avez jamais eu cette impression du « quand ça veut pas » ? C'est pas du sens unique, c'est juste que la vie en a décidé autrement. Je crois pas en Dieu, mais je crois en ça, je crois que parfois les choses étaient pas faites pour se passer comme ça. Par exemple, j'aurais adoré être une meuf trop stylée, une meuf blonde aux cheveux très très longs, une meuf qui fait du cheval et qui a sa photo de profil Facebook avec sa bombe et Caramel son étalon arabe. Vous voyez le genre de meuf ? La parfaite, très douce, qui fait pas trop de bruit ni de vagues, la prudente, raisonnée. La meuf qui fait du cheval, quoi, j'peux pas vous le dire autrement. Ben j'suis littéralement tout le contraire. Alors oui, j'ai fait du cheval, il s'appelait Coca, j'aimais pas trop lui récurer les sabots, mais mes mercredis après-midi étaient plutôt sympathiques. Jusqu'à ce que lui et moi on se sépare après une chute avant un obstacle, ou après, je sais plus. Toujours est-il que je serai jamais la meuf blonde aux cheveux longs qui fait du cheval, j'ai beau avoir essayé de toutes mes forces, ça ne fonctionne pas.

J'arrive aussi à me faire surprendre sur le GR 20 de l'acceptation quand le sujet de l'alcool prend un air de nectar estival. De table en table les soirs d'été, il y a toujours une bouteille de vin. Si, si, je vous assure, regardez en passant à l'occasion. Pour un dîner de retrouvailles ? Du vin. Pour un apéro entre copines ? Du vin. Pour un rendez-vous d'affaires : du vin. Cinquante nuances de vin. Y'en a partout et, bien sûr, y'en a aussi sur ma table. Sauf que quand la bouteille est tombée, moi, j'ai encore soif. C'est pas une question d'addiction, on en a déjà parlé. Ça fait partie de la fête et la fête chez moi dure plus longtemps. On est à Uzès, entre amis, un week-end end, barbecue et rosé. À 00 h 30, quand on a bien profité, y a-t-il une raison valable pour ouvrir une nouvelle bouteille ? Eh bien c'est moi qui le propose. On me fait la remarque qui fait chier : « Mais t'es pas bourrée ? » Ben non. Même épisode en vacances. Il est 22 heures, une amie veut dormir. On est en Grèce, merde, allons festoyer. Pas dans un bar ? OK, on a une terrasse : on prend une bière alors et on se pose ? Elle me dit non, à quoi ça sert, moi l'alcool, c'est que festif, je bois pas juste pour aller me coucher derrière. Et là c'est la guerre dans mon encéphale. Ça fait mal, ça tabasse. Je me sens attaquée, je me sens sale, je me sens nulle avec ma pauvre Mythos de cinquante centilitres seule sur la terrasse. Mais c'est ma faute à toi, ça. Alors comment faire pour garder la distance nécessaire entre le très festif et la dépendance, je suis encore en train d'étudier la chose. J., ça lui fait pas ça à elle, alors qu'on est sœurs et qu'on a eu la même enfance. J'ai pas encore rencontré quelqu'un dans le même cas que moi. Pas cherché à rencontrer cette personne surtout. Peut-être qu'il faudra que je le fasse avant la fin. Pour me rassurer, pour m'enlever ce poids, pour pouvoir boire une Mythos de cinquante centilitres peinarde sur ma terrasse de vacances sans m'en vouloir.

Chute et rechute

21 novembre. Il est 22 h 52. La dernière fois que je t'ai eu au téléphone si tard, il était 22 h 39 et tu étais apaisé. Ce soir on est dimanche, il est 22 h 52, et j'le sens pas. J'hésite un peu à décrocher parce que moi je vais bien et j'ai pas envie que ça bascule. Avant la dernière sonnerie j'appuie sur le vert. Tu dis « Allô » comme on crie à l'aide. Elle est là, la bascule. Tu trouves pas tes mots, tu me demandes ce que je fais. Et tu en viens au fait : tu as reçu un message et tu voudrais bien que quelqu'un te dise quoi faire de ce message. C'est ton ex-copine qui t'écrit « c'est fini ». Deux mots qu'elle t'a déjà dits y'a plus de six ans. Mais selon toi ce soir elle les a remis noir sur écran à 22 h 50 et c'est pour ça que tu m'appelles. Je ne sais pas si ce message est réel ou si tu l'as imaginé parce que t'avais besoin de réconfort à cause de Korsakoff. Je te dis d'ignorer et d'aller dormir. Moi j'aurai du mal à trouver le sommeil. Ce soir-là, à la télé, y'a Lady Gaga qui essaye de sauver Bradley Cooper de ses différentes addictions. Ce soir-là, à la télé, y'a « Zone interdite » sur

l'addiction à l'alcool. Ce soir-là, à la télé, Dimitri Payet, le joueur de l'OM, vient de se recevoir une bouteille d'eau derrière la tête. Et moi, un coup derrière la nuque. Ça me replonge quatorze ans en arrière, j'avais pris la distance nécessaire pour que nos rôles ne soient plus inversés, et un appel à 22 h 52 me rappelle qu'on a pas vraiment de rôles définis tous les deux. C'est au bon vouloir de ton cerveau. Je m'endors tard, je suis énervée, je pleure.

Deux mois plus tard, Noël est passé, on ne s'est pas vus. Ce n'est pas un appel, c'est une carte. Une fleur de tiaré. Je reconnais l'écriture, je sais que c'est toi. La carte s'ouvre et à l'intérieur c'est feuille blanche, tu as écrit trente-trois mots au verso.

« Une très bonne année. En espérant te voir très bientôt à Trébeurden. Gros bisous de toute la famille. Du froid et le chien va très bien. Je repars en cure à Bégard bientôt. Bisous. »

C'est sans fin.

C'est sans fin et donc ce soir-là moi j'ai beaucoup bu.. J'avais différents rendez-vous avec des amis et j'ai enchaîné. Deux verres de blanc. Quatre pintes de bière. Deux verres de rouge. Et après je me souviens plus. À partir de 23 heures j'ai décroché. Je me réveille dans mon lit. Je me sens nulle, détestable. Encore une fois, je n'ai pas vu le moment où il fallait s'arrêter. Ça devrait être inscrit quelque part, ça, ça devrait clignoter en gros sur un panneau lumineux, ça devrait vibrer, ALERTE. Certains appellent ça un black-out. Souvent précédé d'un adjectif. « J'ai fait un gros black-out hier, je me souviens de rien. » Parfois ça les fait rire. Ils disent plus jamais, et puis même si ça leur arrive encore ils ne remettent pas leur vie entière en question. C'est pas ouf comme réaction, mais quelque part c'est plus sympa que de croire qu'on est condamné à ne jamais savoir s'arrêter. C'est dur d'écrire ça, je sais, ça m'arrive pas souvent, mais quand ça m'arrive je suis inconsolable. Pourquoi moi je peux pas faire la fête comme tout le monde ? Pourquoi quand les gens disent simplement qu'ils se sont mis une grosse cuite, moi j'ai l'impression de suivre tes traces ? Pourquoi je ne peux pas juste me foutre une murge comme tout le monde sans culpabiliser ? Et en même temps pourquoi j'en arrive là ? Et puis pourquoi je devrais me priver de quelque chose qui anime notre société, à cause de toi ? Je ne suis pas alcoolique. Je ne suis pas alcoolique. Je ne suis pas alcoolique. Je ne suis pas alcoolique.

Je crois l'avoir déjà dit, alors c'est peut-être pour moi que je le réécris ici (si je l'ai déjà écrit, soyez indulgents) : personne ne naît avec un gène spécifique lié à l'alcoolodépendance.

Mais plusieurs études montrent que certains sont en cause dans la dépendance.

Le gène ADH1B, qui fabrique une enzyme qui permet d'absorber l'alcool. Et le gène DRD2, qui a son petit rôle sur la vulnérabilité à la dépendance.

Ce qui provoque des réactions différentes pour chacun face à l'alcool.

Ce n'est pas dans les gènes, mais enfin quand même un peu quoi. Vous comprenez parfois pourquoi je m'inquiète.

K-O technique

Une fois au moins dans ma vie je me suis dit que si tu mourais j'aurais pas de peine.

J'ai pas honte de le dire. Je me suis aussi dit que je devrais alors récupérer tes dettes, et du coup j'ai plus trop eu envie que tu décèdes.

Mais plusieurs fois, même, oui, j'ai pensé à ta mort. Au moment de me dire qu'un jour peut-être je me marierai. Au moment de m'imaginer à ton bras à la mairie ou à l'église. Plusieurs fois je me suis dit que je ne me marierais jamais d'ailleurs. Puisque qui dit mariage dit aussi réception, apéro, dîner, soirée et K-O technique. Une fois tu nous l'as fait. C'est plus ou moins un secret qu'on garde dans la famille ou une anecdote qu'on raconte quand on a envie de faire l'intéressant. Une plage. Des amis, un peu de vent, les Pixies qui chantent, « Where Is My Mind? », deux amoureux qui regardent les yeux vers le haut des lumières exploser dans la nuit noire. Ça donne envie de vivre ces moments-là, envie de danser, de se faire des déclarations, de se dire qu'on est les meilleurs. Toi pendant que le feu est d'artifice tu te consumes à grand brasier. J'aurai toujours l'image de ces tables rondes avec de belles nappes blanches, toujours l'image de tas de visages heureux, hilares, rassasiés, et au milieu de tous ces visages, tes yeux. Tes yeux quand t'as fermé les volets. Perdu, en détresse, partez sans moi je peux plus suivre.

J'oublierai jamais comme ce soir t'as dit au monde « Passez devant, je vais vous retarder ». Je crois que c'est à ce moment-là que j'ai compris que c'était plus seulement boire qui te faisait mal, c'était tout ce que tu avais déjà bu.

Y'avait toute cette agitation, tous ces gens connectés entre eux, simplement heureux d'être plein d'humains au même endroit, de célébrer un « oui » tout près de l'océan. T'étais si seul ce soir-là. Tellement seul que pas grand monde a remarqué que tu t'endormais à moitié au-dessus de ton assiette. Mais ce que tout le monde savait, c'est que tu ne pouvais pas gâcher la fête. Avec J. on s'est dit : « Qui y va ? » On pouvait pas se laisser l'une et l'autre, alors on l'a fait à deux. Nous deux contre tous ceux qui ne peuvent pas comprendre, depuis toujours. On nous a aidées à te relever, on t'a parlé comme à un enfant pour te faire croire que quelque chose de bien plus festif t'attendait dehors, et une fois que tu avais oublié ce qu'on t'avait promis, on t'a dit qu'en fait tout le monde allait se reposer un peu avant de continuer la soirée. Tu nous as crues. On a ouvert une voiture, tu nous as dit qu'avec le tableau de bord en face de toi tu te sentais comme dans un avion. On est restées quelques minutes à discuter avec toi, on a baissé le fauteuil, laissé la fenêtre ouverte pour que tu respires, fermé la porte pour pas que tu te barres, on a soufflé un grand coup, on s'est dit « c'est pas une vie à 24 ans d'enfermer son père dans une caisse », et on est retournées danser.

Tu vis chez les vieux

Tu vis donc chez les vieux. Comment le dire autrement. Les Jardins d'Arcadie. Dans la présentation vidéo, une mamie dit : « J'ai vraiment quitté mon appartement sans regret. » Un papi dit : « Je me sens chez moi. » Et puis une autre mamie dit : « Quand on arrive à 82 ans, c'est le moment où il faut prendre des décisions. On a une montre qui nous situe dans la résidence, alors on se sent entouré. On peut demander un service à n'importe qui, il y a tout le temps quelqu'un jour et nuit. C'est la sécurité pour nous. »

Tu vis chez les vieux. Ça ne répare pas ta tête et en plus ça coûte un bras.

Tu vis chez les vieux et ça m'inquiète parce que même là-bas ça ne fonctionne pas. Même encadré tu t'en sors pas. Même épaulé tu déprimes. Même en gagnant au Scrabble, ta voix s'abîme. Je dis « tu vis », mais j'devrais dire « tu vivais chez les vieux ». Parce que tu y es resté deux mois et tu es rentré chez mamie. Et c'est sans doute ça qui est encore plus dur. C'est l'impasse. C'est trop cher, ces résidences seniors surveillées, beaucoup trop cher, on ne peut pas te laisser là. Tu vas finir ta vie comme ça, le cul entre deux chaises, tu seras toujours malheureux parce que tu es incapable de faire autre chose et d'être autrement. Dans le chapitre un peu stylé où je raconte que j'ai tellement couru sur la plage de mon enfance que j'aurai plus jamais mal, j'ai menti alors. J'ai mal en ce moment. Parce qu'après ce dernier espoir de te voir dans un endroit un minimum adapté, y'a plus rien, c'est tout vide, c'est tout vide et ça craint. Qui viendra te sauver maintenant ? Y'a plus personne. J'aurais peut-être pas dû prendre cette histoire à bras-le-corps. J'aurais peut-être pas dû écrire, je me suis peut-être trop impliquée. Si j'avais fait semblant que ça faisait rien, si j'avais tracé ma route en acceptant d'être cabossée et sans vouloir tout régler, ça aurait peut-être été plus simple. Là j'ai l'impression que tout ce que j'écris se dérobe sous mes doigts. Je voulais pas mentir, j'le pensais vraiment que j'aurais plus jamais mal et ça me retombe sur la gueule.

Hier (ça n'a pas d'intérêt d'écrire ça puisqu'il n'y a aucune chronologie logique ici, vous ne savez plus quel jour on est, et moi non plus) j'ai reçu une photo dans le groupe WhatsApp des cousins. Toi, tes trois frères et mamie dans un escalier. Tu es en deuxième position en partant du haut, tout le monde regarde l'objectif et tout le monde sourit. Toi tu regardes ailleurs. J'aimerais bien savoir ce qui se passe dans ta tête. Si au-delà de dire que t'es triste, tu ressens vraiment de la tristesse. Si au-delà de dire que t'attends ton appartement seul, tu te souviens vraiment de ce que ça fait d'être seul et de devoir tout gérer. Si tu penses vraiment être capable de le faire ou si c'est Korsakoff qui parle.

Tu vis vraiment chez les vieux

Tu vis vraiment chez les vieux. C'est J. qui m'a envoyé un message. « En fait, il y reste » ou « Il y retourne », je sais plus trop. Elle dit que tu as eu une dérogation pour retourner dans la résidence médicalisée de Perros-Guirec , un appart plus petit, non meublé. On est le 13 février et tu as 60 ans dans deux mois. Mais tu vis chez les vieux. Pour de vrai, pour longtemps, pour tout le temps. Tu auras l'avis et l'appui d'aides-soignantes vingt-quatre heures sur vingt-quatre et c'est quand même rassurant, tu n'es pas seul, tu es même plutôt bien entouré avec tes petites dames qui te stimulent en jouant au Scrabble. J. me dit que tu pourras amener tes propres meubles, que y'aura ton buffet, ta table à carreaux blanche et verte, ton clic-clac et ton meuble télé avec la vitre qui se ferme plus. Y'aura aussi ta table de chevet blanche à deux tiroirs.

Je veux vérifier, je veux en être sûre. Alors je t'appelle. Il n'est pas tard, tu mets longtemps à décrocher.

« T'es dans ton appart ? je demande.

– C'est pas mon appart. J'suis en cure. »

Je sais que non, Je sais que Perros c'est pas là où est la cure, je sais que tu confonds tout, je sais que tu sais plus.

« Tu vas rester là ?

– Je sais pas si je le prends. »

Comme si t'avais le choix du roi, comme si tu pouvais te permettre, comme pour te donner ce mouvement tête en avant de celui qui peut se faire attendre.

Tu dis que t'as pas encore vu la directrice, qu'il faut que tu la voies pour te décider. Je sais que la décision est déjà prise. Que tu n'as pas beaucoup de pouvoir là-dessus, mais je te laisse y songer.

Je te demande :

« Tu t'sens comment ?

– Ben ça va, je sors un peu de temps en temps, je marche et le soir je joue au Scrabble avec les autres aux alentours de 17 h 30.

– Et tu gagnes ?

– Ça m'arrive de gagner, mais ça m'arrive de perdre aussi. »

Je te demande si tu te souviens du dernier mot qui t'a apporté énormément de points. Tu dis que tu t'souviens plus. Puis tu dis que tu sais pas si tu mettras tes meubles ici, que personne t'a dit que ça allait se faire, que t'attends de voir la directrice.

Et tu dis aussi que finalement l'appart est meublé et qu'il va falloir les vendre, ces meubles. Tu en dis, des choses, tu en imagines, des choses.

En attendant le soir, tu te fais de la soupe Knorr. Ta préférée, c'est celle avec les vermicelles. Tu as 60 ans dans deux mois. Tu vis chez les vieux, ça peut paraître horrible, mais t'es en sécurité ici, et moi je suis contente que tu sois dans un appart non meublé que tu crois meublé, avec de la soupe Knorr sur le feu.

Silence

Après ça, plus rien, ou du moins plus grand-chose. Ça fait deux mois que tu n'as pas décroché ton téléphone, je t'appelle et ça sonne toujours quatre fois avant que je raccroche, je connais ton répondeur par cœur, c'est pas la peine. J'arrive à la fin de ce que je voulais dire ici, et je ne sais pas si tu te souviens que ce « ici » existe. J'ai arrêté de t'imaginer, j'ai plus pensé à m'inquiéter. Tu as disparu, comme souvent, mais cette fois-ci les choses sont un peu plus rangées, alors j'ai moins de mal à l'écrire. L'avenir ? Je ne sais fichtre rien. Tu vas rester chez les vieux jusqu'à ce que ton compte ne puisse plus le supporter. Après, qui sait, ce sera peut-être à moi de payer pour toi. Tu vas rester ici, tu décrocheras peut-être lundi prochain parce que c'est ton anniversaire. En attendant rien. Le silence. Et parfois le silence, c'est mieux que rien, c'est déjà un choix en soi. On choisit de se taire. On choisit de ne pas rappeler. Ça veut dire que quelque part, tu as le contrôle sur quelque chose.

Le silence, il en a été question toutes ces années où dans la famille on a choisi de taire ta maladie, de ne pas faire tache. Je n'incrimine personne, je n'en veux à personne, je dis juste que ça existe. On choisit de le taire parce que ça fait mal, parce que ça fout la honte, parce qu'« il ne peut pas être comme ça, c'est un Leray quand même », parce qu'on n'y comprend rien, parce qu'on n'y peut pas grand-chose, parce que tant de raisons.

Il en a fallu du temps pour que ta maladie ne soit plus taboue dans notre cercle intime. Et encore, mamie dit toujours maison de repos pour cure de désintoxication. Si les autres le taisent, la différence est abyssale avec ce que nous on vit quand on est près de toi. C'est un précipice, tu fonces dedans.

Du coup, comment guérir quand il y a toujours cinq ou six bouteilles prêtes pour les rendez-vous, les retrouvailles en famille, comment guérir quand toi, tu ne peux pas mettre de mots sur ce que tu es ?

Le mot « alcoolique » a été prononcé pour la première fois devant nous il y a cinq ans seulement. Pour le passage à la nouvelle année. Bonne année à vous aussi. C'est J. et moi qui avons abordé le truc parce qu'on en avait gros sur la patate. On était une dizaine de la famille, on faisait la fête et toi tu t'endormais sur le canapé, médocs et alcool encore une fois, j'ai plus supporté que cet état-là soit exposé à la gueule du monde, et si invisible à la fois. J'ai dû t'aider à monter, à te mettre en pyjama, t'apporter un verre d'eau, te border. Quand je suis redescendue, j'ai précisé que c'était loin d'être la première, ça tout le monde le savait. « Il est déprimé, c'est normal. » J'ai dû ajouter que c'était tout le temps, et que ce n'était pas qu'une déprime et puis j'ai tout déversé. Toutes les fois où t'es pas venu nous chercher, toutes les fois où y'avait des canettes dans les sacs de courses, toutes les fois où tu les recouvrais de déchets pour pas qu'on les voie dans la poubelle, toutes ces fois où, au travail, on t'avait prévenu que tu sentais l'alcool, toutes les fois, tant de fois, trop de fois, il était mille fois.

On fera pas le karaoké traditionnel du 1er janvier, tant pis et désolée, mais faut qu'on parle tous ensemble. C'est ce qu'on a fait. Et ça nous a fait un bien fou. Que les autres sachent, vraiment, dans les moindres détails, qu'ils réalisent, qu'ils prennent conscience que la déprime avait en fait plusieurs degrés en trop et trop souvent et que c'était pas grave de le dire. On était plus seules avec notre secret.

La tendresse

Je suis devant les portes automatiques coulissantes des Jardins d'Arcadie. Des fois elles mettent du temps à s'ouvrir et on se les prend dans le pif, mais là, tout est bien huilé, tout fonctionne.

J'avais dit que c'était pas ma guerre, je n'aurais jamais pensé le faire, surtout pas un week-end ensoleillé du mois de juin, mais je suis prête à rentrer voir comment va ta nouvelle vie chez les vieux. J'en ai même envie.

J'ai pris mille ans et tant de recul depuis les premières phrases.

D'ailleurs je relis ce que j'ai dit de toi, de nous, ici, et je suis persuadée qu'il manque l'essentiel. Il manque le moment où j'émerge, et où toi tu deviens.

Le moment où l'attente a disparu. Je ne t'espère plus en vain puisqu'on se retrouve tous les deux à chaque fois que j'allume cet ordinateur. Tu es toujours au rendez-vous quand je me mets à te raconter.

J'ai plus de haine, je ne te déteste plus, parce que tu as fait comme tu as pu, et moi aussi.

Il manque donc le moment où je me sépare de ma chrysalide, celle qui a fabriqué ma façon de te voir, de te raconter, de t'estimer. Je la laisse ici, sur le paillasson rêche des Jardins d'Arcadie. Je la laisse ici, parce que je ne suis plus en veille, ou en transit, et parce que je vais les passer, ces portes automatiques coulissantes, je vais pas me les prendre dans le pif.

Je suis définitivement spéléologue. J'ai recherché d'où vient la douleur, j'ai exploré l'avant, creusé les souvenirs et les habitudes, j'ai étudié notre relation, je me suis visitée, au plus profond de mes cavités souterraines, toi je t'ai cartographié en long en large, j'ai scruté tout ce qu'on pourrait détester d'un père, et là, j'ai trouvé la tendresse. La tendresse, ça ne veut pas dire s'aimer, ça veut dire comprendre, ne plus avoir peur, et peut-être aussi pardonner, se pardonner.

Alors pour rendre hommage à tout ce qui s'est passé depuis que j'ai commencé à écrire, à tout ce que ça a chamboulé en moi, j'ai décidé de recommencer la suite de ce livre, maintenant je vais écrire avec mes nouveaux yeux.

J'ai le trac, mais je suis contente et excitée, parce que ça veut dire qu'on joue les prolongations, toi et moi.

Allez, poursuivons nos retrouvailles, c'est pas encore fini.

Bienvenue chez toi

Tu as donc un chez-toi.

Je sais maintenant que ça coûte 1409 euros et que ce n'est pas si cher pour être libre, indépendant, et ne plus te voir partir en ambulance pour une hospitalisation d'urgence. Je sais que 1409 euros, c'est éviter les gyrophares bleus d'un camion blanc qui s'éloigne dans la nuit avec toi à l'intérieur. Je sais surtout que ce n'est pas juste un endroit pas adapté où tu joues au Scrabble.

T'es content d'être enfin seul. Et quand on dit « enfin seul », c'est qu'on est pile à l' endroit où on doit être. C'est qu'on y est bien, c'est qu'on a trouvé.

C'est effectivement pas loin de la mer, même si aujourd'hui encore ta tête te fait défaut et tu n'as pas retrouvé les escaliers que tu empruntes chaque jour pour y descendre

En face de chez toi, un Carrefour City où tu as une ardoise ouverte. Tu es l'habitué du Carouf, celui qui a toujours les mêmes courses sur le tapis. Trois fois rien, pas grand-chose. Tu dis bonjour aux hôtesses de caisse et elles t'appellent Tanguy. Oui, c'est ton prénom. Je ne l'ai jamais écrit ici, mais aujourd'hui je te redonne vie.

En face donc, au bout d'un passage piéton, ta résidence. Porte coulissante, pas de trace de doigts sur la vitre, quelques hortensias, tu as ton badge d'entrée dans la main, tu ne l'as pas encore égaré, alors entrons.

Tu es arrivé là-bas comme une star, comme à Bégard, je peux pas mieux le dire, je crois que je m'y suis faite maintenant, partout où tu passes, tu marques les gens. Tu n'en démords pas, ici c'est un hôtel, tu es content de faire la visite.

La dame de l'accueil te salue et te sourit plus grand que l'univers, tu nous montres la salle de restauration, là où tu déjeunes le midi, c'est compris dans les 1409 euros, tu es un demi-pensionnaire.

Le hall abrite trois grands canapés, il y a quelqu'un d'assis sur l'un d'entre eux, avec une tête à s'appeler Gisèle. C'est lumineux, il y a des prospectus pour le radôme de Pleumeur-Bodou et la fête de la Mer de Brest. Un tableau des animations aussi, gym, chant, théâtre, tout un tas de trucs.

Puis des journaux sur une table basse, *Le Télégramme, L'Équipe*, et la dame de l'accueil qui sourit encore.

On s'est assis sur un des canapés et tu as dit :

« Là j'ai mis en place un super plan pour attirer dans mes filets la meuf du troisième étage.

– Raconte.

– Je me mets ici sur les coups de midi, je fais semblant de lire les nouvelles, je me cache derrière le journal, et quand elle passe pour aller manger, je pousse un tout petit peu ma jambe pour qu'elle m'effleure sans faire exprès. Ça marche, à chaque fois on parle ensuite. Je fais ça tous les jours. »

Ainsi va donc la vie, ton plan machiavélique fonctionne et ça suffit à te rendre heureux.

On s'est dirigés vers l'ascenseur. Avant qu'on monte, tu nous as expliqué que demain on ne pourrait vraiment pas déjeuner ensemble parce que le dimanche à cette heure-là tu participes à l'activité gym. La porte de l'ascenseur nous avale et une affiche à l'intérieur recrache la vérité : demain sur le planning, il n'y a pas gym.

La partie grise de ton cerveau rigole comme un enfant pris la main dans le sac de sport. Tu nous assures qu'il y a gym quand même. Je te dis : « T'es un mytho, regarde, c'est libre le dimanche. » Il y a ton reflet dans l'ascenseur que tu ne regardes plus depuis des lustres. C'est moi que tu fixes, j'insiste : « Mytho !! » On rit.

On rit parce que t'as compris que j'avais compris.

Le midi, tu as ton plan journal/dame du troisième et c'est un repère qu'il ne faut désormais plus bousculer. On rit parce qu'il n'y a plus de colère ni de déception. On rit parce que ça faisait quinze ans qu'on n'avait pas ri et ça fait des trucs bizarres sur l'épiderme.

Ta chambre est au deuxième étage si mes souvenirs sont bons, la 216 ou quelque chose comme ça. Je n'ai pas vraiment envie que ce soit précis, de toute façon on s'en fiche.

Tu ouvres.

« Bon ben voilà, bienvenue chez moi. »

C'est un peu plus grand qu'un studio d'étudiant. C'est propre, bien rangé, et les volets sont ouverts.

Tes meubles sont bien là, ceux de quand j'étais petite au Paloma, ça me fait quelque chose de les voir ici. Ils en ont fait, du chemin. Nous aussi.

Il y a une salle de bain avec ton nécessaire de toilette tout bien rangé.

Un balcon, avec vue sur Carrefour, et un pot de fleurs gris avec une plante à l'intérieur qui se demande pourquoi on l'a foutue ici avec quelqu'un qui a bien d'autres choses à régler avant de penser à arroser.

Il y a ton lit. Une place. Tu dors dans un lit une place. Ça a failli me faire pleurer, mais un lit une place c'est toujours mieux que par terre à côté de ton chien. Ta parure de lit n'est pas récente et un peu enfantine, mais le lit est fait, ça tu ne l'as pas perdu, tu l'as toujours fait parfaitement.

Il y a ton frigo. Tout petit. Qui casse le dos et les genoux quand on va chercher tout en bas. Tout en bas justement : tes quatre plats Fleury Michon hachis parmentier, il devait y avoir une offre. Un peu de fromage, tu aimes toujours ça, c'est un repère plaisant à retrouver.

Et puis du rosé, deux bouteilles de rosé.

Et puis de la bière, trois canettes de 8.6.

« Vous voulez un truc ? »

Non, on ne boira rien.

Oui, toi, tu bois encore. Oui, ce sera pour toujours. Mais te savoir ici, dans un lieu sûrement pas adapté mais sécurisé, m'a rendu ma liberté à moi aussi. C'est tout ce que je voulais, que tu retrouves un peu de dignité.

J'ai été fière de voir ton chez-toi, je crois que tu étais ému de me le montrer.

Tu as retrouvé un petit peu d'autonomie. Tu ne perds pas ton badge. Il y a un tube de dentifrice dans un verre sur le bord du lavabo. La vaisselle est faite, le sol est propre et tu dis que ça te suffit.

Alors oui, tu vis chez les vieux, c'est pas l'endroit pour soigner ta maladie, mais, en un sens, la vie a repris ici, dans tout ce qu'elle a de plus normal, avec des copines, des habitudes, et t'es capable de la vivre, cette vie, avec un bout de cerveau en moins.

T'es pas guéri, d'accord, pas sevré non plus, t'es loin d'avoir des rêves et des ambitions, c'est sûr, oui t'es dans un lit une place, oui avec du hachis nutri-score D et des canettes de 8.6, oui dans ton monde, mais libre.

Se prendre dans les bras

C'était un 27 avril. C'était mes 25 ans et j'avais décidé d'inviter pas mal de potes chez mamie pour l'occasion. Pas assez de places pour dormir, mais, trop mignonne, elle avait réservé un mobil-home face à la mer à Trébeurden, à quelques mètres de notre maison.

On avalait les kilomètres (horrible expression, vous ne m'y reprendrez plus) avec la Picasso que j'avais louée pour transporter tout le monde, Boulogne-Billancourt-Trébeurden. On était tous excités. Ça allait être parfait.

Au bout de la route, y'avait mamie, en pleine forme, toi, pour la première fois à mon anniversaire depuis bien dix ans, deux de mes tontons, et une de mes taties.

J'allais montrer tout ça à tous mes amis.

Sur une aire d'autoroute, je préviens les retardataires de ma vie de l'éventualité suivante : mon père n'a pas le droit de boire, mais ma grand-mère aime recevoir avec un tas de bouteilles sur la table, ce qui n'est pas compatible et risque donc de provoquer une crise. Je préviens aussi qu'au pire on boira au bar en bas.

On arrive et c'est génial, comme j'avais prédit, et puis ça se complique, comme j'avais prédit aussi. Il y a sept amis autour de la table, et tu t'énerves parce qu'on ne veut pas te servir autre chose que ton vin sans alcool, alors que nous, on boit. Tu grondes, tu cries. Avant j'aurais pensé que tu cassais les couilles. Maintenant je sais que c'est nous qui avions tort de te mettre face à ça.

Tout le monde est heureux, Rennes vient de gagner la Coupe de France face au PSG, on est plus du tout pour Guingamp, on a visiblement toujours été pour Rennes. Tout le monde est heureux, mais toi t'es une tempête. Qu'est-ce que t'as fait de mal pour qu'on te mette à part comme ça ? Et qu'est-ce qu'on en sait, nous, de ce qui est bon pour toi ?

Le match est fini, la soirée ici, aussi, j'avais prévu un bar avec tout le monde (sauf mamie bien sûr), un bar sur la plage face à la Manche. Tu retrousses les tiennes et tu dis : « Je viens. » Malaise palpable.

Pourquoi te dire oui et comment te dire non ?

Tonton a dit : « OK, je m'en charge, descends avec tout le monde, on te rejoint. » Je ne sais pas ce qu'il t'a dit, je ne le saurai peut-être jamais.

Vous êtes arrivés au bar quelques minutes après nous, tout le monde dansait et me payait des gins. T'étais bien là, et t'étais transformé, plutôt beau gosse, propre sur toi, prêt à te battre. Au moment de commander : tu m'as dit : « Prends-moi un Perrier. »

Je ne sais pas si vous vous rendez compte à quel point une phrase aussi banale peut être une ode à « se prendre dans les bras ».

T'as pas bu ce soir-là ou du moins t'as fait en sorte que je le voie pas parce que tu savais que c'était important, j'avais une belle robe carmin, un rouge à lèvres assorti (même si théoriquement on a pas bien le droit pour des questions de mode), j'avais frisé mes cheveux.

Tonton dansait en chantant, tatie aussi, mes potes aussi.

Et puis y'avait toi et moi au milieu de cette piste, toi qui m'invites à danser, sur les vidéos, on voit que t'as quand même été un sacré danseur, tu me guides, tu me dis où aller, tu me fais tourner au moment où il faut, et j'ai l'impression qu'on se tient la main pour la première fois depuis que je suis née.

Je suis gênée, un peu, quand tu me tiens par la taille notamment, je sais pas si je dois y croire ou si demain tout s'arrêtera. Il est 2 h 25 et on danse ensemble sur « Je t'emmène au vent », c'est le moment du solo des violons, tu te trompes, je tourne du mauvais côté, t'as un gilet plus ou moins neuf, un tee-shirt en V, t'as mis des vraies baskets parce que tonton t'a dit avant de partir : « C'est l'anniversaire de ta fille, tu vas pas mettre tes Crocs trouées quand même. »

On danse et je crois que je garderai toujours ce souvenir de toi. Je crois que c'est ça que je peux garder : tu m'as invitée à danser. C'était pas du tout comme dans les films, c'était pas une belle formule, tu m'as tiré la main et t'as grommelé deux ou trois paroles en souriant.

C'était un moment où ça allait, où Korsakoff t'avait laissé un peu de répit, où t'avais trouvé le moyen de dire PERRIER quand tu pensais BIÈRE, un moment de force, parce que c'était mon anniversaire, au-dessus des gens.

Ton héritage

Est-ce que je me suis servie de toi pour parler de moi ? C'est une question que je me pose beaucoup. Et si tout ça était un prétexte en fait parce que j'avais envie de me raconter, de me trouver, mais que j'osais pas vraiment l'affirmer, l'accepter, le revendiquer avec ces mots-là ? Tu crois que je me suis servie de toi ?

On est le 31 décembre. C'est maintenant que les gens ressortent leurs plus belles photos des 364 derniers jours. C'est maintenant qu'ils font le bilan, qu'ils se promettent des millions de trucs, et qu'ils en regrettent des milliards. C'est maintenant qu'on se dit que tout sera mieux qu'avant, qu'on fera plus jamais les mêmes erreurs, qu'on apprendra du passé. C'est maintenant qu'une infinité de possibles se dresse droit devant. On efface tout, on recommence. Sauf que ce que je préfère, moi, c'est ne déchirer aucune page. N'effacer aucune preuve. Je garde tout. C'est ça qui rend la quête stimulante. Ne se départir de rien.

Alors carrément, la réponse est oui. Je suis partie sur ce livre en voulant te raconter, en voulant refaire ta route, prendre tes chaussures, et en fait c'est ma pointure à moi que je suis en train de trouver. C'est qui je suis moi. C'est où je vais moi. D'ailleurs ça ne s'invente pas, j'ai commencé ce livre en disant : « Si j'écris ça, c'est pour soigner, décortiquer, vider, autopsier, muscler mon Je. »

Moi j'ai toujours cru que ma vie était liée à ta maladie, indéfiniment, que ça faisait partie de moi ad vitam æternam (je parle comme Emmanuel Macron, ça craint), que ça me définissait. Parce que c'est comme ça que j'ai connu mes premiers traits de caractère. J'étais jalouse parce que tu m'as laissée tomber. J'étais possessive parce que tu n'as jamais tenu la route quand j'étais petite. Je bois beaucoup quand c'est soir de fête parce que tu m'as donné un héritage émotionnel et sensoriel de la consommation. Je ne sais pas m'arrêter, par mimétisme peut-être, mais surtout parce que ma satiété est altérée à cause de toi. C'est maman qui a fait tout le taf, mais je me suis toujours définie à travers toi. C'est plus facile d'être triste que d'être heureux. Comme si toutes les traces, toutes les empreintes, tous les codes génétiques en moi ne dépendaient que de toi. Comme si fatalement je pouvais pas être autre chose qu'une fille de père défaillant et malade.

Eh bien c'est faux, c'est diablement faux. Je suis libre maintenant. Je suis libre, et auteur de ma propre histoire. Parce que mon père était là quelque part, il suffisait que je lui donne vie.

Dans *L'avenir socioprofessionnel des filles sans père*, Louise Grenier écrit :

« Un père se fabrique aussi en son absence. Il est présent dans les rêves et fantasmes, dans les blessures et douleurs, dans les traces et symboles qu'il a laissés derrière lui. Il s'agit donc de construire une mémoire vive du père, d'en symboliser l'absence, pour enfin devenir auteur – père ? – de son histoire personnelle. »

Je suis donc en train de te rencontrer, j'en avais cruellement besoin pour devenir une femme. C'était capital, je me fabrique en te fabriquant et en t'écrivant je m'apaise.

Par exemple, j'ai jamais voulu accoucher, le ventre rond et les réveils toute la nuit, ça m'a jamais fait rêver. Moi, depuis toute petite, je voulais adopter. Je l'ai répété des centaines de fois à ma mère. Quand je serai grande, j'adopterai. Depuis que j'écris ce livre, elle s'est envolée, cette envie. Elle ne vient plus me chatouiller. Je dis pas que c'est bien, je dis pas que c'est mal. Elle s'est évaporée. Je me vois plus le faire. Maintenant je souris devant les listes de naissance, je me languis de faire des photos stylées avec mon gros ventre, j'ai envie de porter un enfant. Ça tient à celui qui partage ma vie évidemment, mais aussi et surtout au fait que j'ai enfin laissé la petite fille sans père derrière moi, tu existes désormais.

Pour en être sûre, il fallait un dernier coup de pied dans la fourmilière. Comme un dernier pèlerinage. Et un pèlerinage, ça se fait seul (ou avec un âne sur le chemin de Stevenson, mais j'ai pas d'âne, donc ce sera seule).

C'est décidé : Je vais aller voir qui s'est occupé de toi pendant toutes ces cures de désintoxication. J'ai besoin de voir la route que tu as faite. Comment ça fonctionne, à qui tu as parlé, comment on en sort et pourquoi on y revient. Après tout, ça fait partie de mon héritage et de ma quête.

Villejuif matin

J'ai mal dormi. Très mal dormi.

J'ai pris le métro jusqu'à Villejuif. Je dois me rendre à l'hôpital Paul-Brousse, au service addictologie.

Il est 10 heures du matin. J'ai repris la cigarette. J'ai dit que je pleurerais plus et que j'aurais plus jamais mal, mais là c'est pas pareil. Là c'est sortir définitivement du déni, c'est faire tomber les murs de la paresse, de l'apparence et de l'intimité. La forteresse dans laquelle tu t'es emmuré par dignité depuis des années, je vais la visiter.

J'ai rendez-vous au service addictologie de l'hôpital Paul-Brousse. (Je sais que je l'ai déjà dit, mais je pensais tellement jamais affronter la réalité en face que je le redis.)

Pour ma justice, pour ma paix. Pour comprendre.

C'est ce genre de service où tu as souvent traîné tes Crocs trouées en Bretagne. Le même genre que celui du psychiatre qui m'avait pas fait un très bon effet. C'est moi qui ai voulu venir ici aujourd'hui. C'est ma démarche. Je n'étais pas obligée, mais je retrace ta route, tu as passé des semaines et des mois dans ce type d'endroits, alors il me faut passer par là. J'ai déjà visité Bégard avec toi, j'ai déjà vu comment c'était, Mylène Farmer et le cendrier en sablier, tout ça. Mais avec toi qui fais la star des années 80 qui reprend sa tournée et sans toi, eh bien les couloirs de ces lieux ne résonneront certainement pas pareil.

À 10 h 17 je suis dans le cabinet du professeur Benyamina (cela n'a aucun intérêt pour vous de savoir qu'il est 10 heures et 17 minutes précisément, mais je l'ai sûrement noté et souligné parce que j'étais mal à l'aise).

Le professeur Benyamina est chef du service, psychiatre et, je l'apprends, président de la Fédération française d'addictologie. Dans le mille, comme on dit.

La première chose dont on parle, c'est Korsakoff. « Si vous écrivez vraiment ce livre, dénoncez-le, rien n'est prévu pour ce syndrome en France. »

Ici il voit défiler toutes sortes d'âges et d'addictions, on vient pour une première fois, un suivi ou un appel au secours. Une dame vient de sortir. Elle a l'air désorientée et, sur la chaise qu'elle occupait, elle a laissé une tache d'eau, ou d'autre chose. Dans le doute, on demande à une femme de ménage de passer.

C'est un grand cabinet assez propre, avec tout plein de bouquins qu'a écrits le professeur Benyamina.

Il en est assez fier, je crois. Entre les coups de téléphone et les mails, il est débordé et il a pas l'air d'être impressionné par mon histoire. Il en a vu d'autres. C'est la première fois que ça me fait ça. Quelqu'un qui n'a aucune réaction quand je dis que mon père est alcoolique et korsakoffisé.

D'habitude, quand je sors le grand jeu du Korsakoff, j'ai le droit à la moue compatissante, mais là pour le professeur ça n'a rien de ouf. Ça fait bizarre, mais ça fait du bien. Je suis venue pour ça aussi après tout. Je me suis installée sur une table ronde un peu à l'écart, j'ai la clim dans le dos et j'ai froid.

Quelqu'un frappe et entre. C'est Anthony.

Anthony n'était pas au courant que j'étais là, mais je crois qu'il n'est plus à ça près. Ce dont il a besoin, c'est de parler et que ce soit devant moi lui importe peu. Il me salue. S'assoit. Il ne me regardera plus.

Avant de baisser les yeux à mon tour, je remarque sur ma gauche un carton de bouteilles de vin vide. J'ai trouvé ça étrange, mais enfin passons.

Anthony n'a pas une « dégaine » d'alcoolique. Il a une barbe bien taillée, en tout cas pour ce que j'en distingue sous son masque. Un jean clair, un bracelet en argent, une bague au petit doigt, des Stan Smith et un tee-shirt blanc à manches longues. Vous le verriez dans la rue, vous diriez que c'est impossible. La seule chose physique qui le lie à l'alcool, c'est son bide. Je connais ce bide. Je saurai d'ailleurs toujours le reconnaître : c'est celui de mon père.

Anthony vient de perdre le sien. Son âge n'a pas d'importance. Il est censé être à zéro alcool depuis des mois.

Le professeur lui demande comment s'est passé l'été. Super bien ! Et la rentrée ? Moins bien. Anthony raconte d'abord qu'il a joué au golf récemment, ça a l'air d'avoir de l'importance à ses yeux, il insiste, c'était un pur moment de plaisir. Pour le reste, il n'a pas la niaque. Pas envie de savoir de quoi demain sera fait. Peur du réchauffement climatique, de la droitisation de la France et que sa mère dilapide l'argent de son père. Tout s'embrouille. Il voudrait bien faire du gainage pour perdre son ventre, mais les femmes ne l'intéressent plus, c'est lui qui le dit.

Il y a quelques années, il a fait une pancréatite sévère à cause de sa consommation. Mais ça ne peut pas cicatriser s'il continue de boire. Justement, nous y voilà. Il a rebu. C'était après le golf. Cinq ou six pintes d'affilée. Tous les jours depuis, on était début août.

Ça a duré quinze minutes, pas plus. Anthony ne m'a pas saluée en partant.

Le professeur veut le mettre à l'abri, passage d'une infirmière deux fois par semaine chez lui, si cela ne marche pas, retour à la case cure.

Un quart d'heure plus tard. C'est William. C'est son médecin de famille qui, inquiet, lui a pris un rendez-vous. William aussi a rechuté au début du mois d'août. Il n'a pas d'âge non plus, peut-être la quarantaine. Et depuis la rentrée il boit une bouteille de whisky par jour. Son index gratte son pouce, il a la main qui tremble, une chemise grise bien taillée et des chaussures vernies.

William n'a que des problèmes, c'est ce qu'il raconte au professeur. L'argent, la famille, l'avenir des enfants et un collègue putain d'incompétent.

« Je viens ici avant de revenir au point d'une certaine époque. Je voudrais une mise au vert, je voudrais souffler, je voudrais être hospitalisé. » William rentrera en cure dès qu'une place se libérera, peut-être la semaine d'après.

Il est midi. Le dernier patient de la matinée a annulé. Je demande au professeur si les patients qu'il voit arrivent quand même à s'occuper de leurs enfants. Difficilement mais oui, me dit-il. Je quitte le cabinet et je vais déjeuner.

Je ne sais pas si voir ces hommes en face, tes frères d'armes, m'a aidée à aimer un peu plus la personne qui est en toi et qui est tombée au front. Je ne sais pas non plus si ça m'a aidée à me dire que je ne suis pas comme vous.

Je crois en revanche que ma rancœur s'est définitivement envolée ce jour-là. Je ne t'en veux même plus d'être passé à côté. Quand je relis le début de ce livre, je me dis que j'avais beaucoup de chemin à faire pour ne plus être véner. J'ai un regret peut-être, c'est quand le professeur a dit que ces cabossés-là, ils s'occupaient quand même de leurs enfants. J'me dis que t'aurais peut-être pu faire un effort. Peut-être que dans la hiérarchie des cabossés t'étais un peu plus haut que les autres.

***

Il fait beau, une trace d'avion scinde le ciel de Villejuif en deux, c'est paisible En terrasse, je suis seule face à l'église, la mairie droit devant et la médiathèque à droite. Table en fer forgé sympathique et chaleur appréciable du mois de septembre sur la peau. À côté deux ouvriers parlent du passe sanitaire. Un mec au téléphone donne un rendez-vous à 14 heures, il a des lunettes bleues et le doigt sur le cure-dent prêt à dégainer l'olive. J'en goûte une aussi.

Elles sont bonnes.

Villejuif après-midi

Au bout d'un long couloir ponctué de plein de radiateurs froids comme des virgules dans une phrase sans fin, c'est écrit : Hôpital de jour. (Tu m'as dit que tu y allais deux fois par semaine.)

Il n'y a rien d'autre dans ce couloir et il paraît interminable. Un cadre de soins m'accompagne. Il est adorable. Il me prend d'abord avec des pincettes. Il comprend vite qu'il ne faut pas. On pousse la porte de l'hôpital de jour. C'est une petite structure avec des murs bleu clair. Deux infirmiers. Deux aides-soignants. Un potager, une terrasse avec des canapés en palette, une salle de vie où on fait de l'art, des puzzles, de la musique, du bricolage. Ici, on vient trois mois, renouvelables une fois. Ici on vient tous les jours, puis on rentre chez soi en fin d'après-midi. On retrouve sa femme ou personne, mais on rentre chez soi. On petit-déjeune ici, on fait son atelier le matin et une activité l'après-midi. Ici on vient après une cure, et on se prépare à retrouver la vie. Les personnes passent d'ailleurs le plus clair de leur temps dans la salle de vie. Je viens d'y entrer, un homme a sa tête posée sur son biceps, il dort sur la table. Souvent, retrouver la vie, ça prend du temps.

Le cadre de soins sympa me présente deux aides-soignants. Le premier, j'ai envie de l'appeler Hervé. Il a une chemise à fleurs, deux boutons ouverts, une créole en or à l'oreille droite, les cheveux gris et propres. Il a fait des pointes avec du gel. Il a l'air sympa, Hervé, il vient du service oncologie, c'est la première fois que j'écris ce mot, donc s'il y a une faute, corrigez-moi. L'aide-soignant d'en face a une longue blouse blanche. On s'installe à la table d'une cuisine qui ressemble un peu à la deuxième cuisine de ta grand-mère, celle qui est au sous-sol ou à la cave, celle où y'a du carrelage, une machine à laver et tous les jus de fruits qu'elle garde en quadruple pour quand tu viens.

Hervé me propose un café qui sort d'un thermos. Dans la salle à côté les deux patients viennent de commencer une séance de méditation, donc on doit parler tout bas.

Hervé me raconte avec passion son métier. Il est touchant, et ça me rassure parce que je me dis que toi, dans ton hôpital de jour, tu as peut-être rencontré ton Hervé et qu'il a pris soin de toi. Il me dit qu'il a choisi de venir bosser dans ce service. Une sage-femme fait naître, lui c'est un homme sage : il fait renaître. Les mecs qui viennent ici n'ont pas forcément tous arrêté. Il y en a même un qu'il a fallu faire souffler une fois. On ne renvoie pas les gens s'ils sont alcoolisés. On les laisse cuver, et ensuite, on les fait rentrer chez eux.

Il y a des horaires à respecter. Manger à tel heure, réapprendre la ponctualité, l'engagement, le respect des règles. Avant y'avait des sorties, des restaurants, et même des apéros. Le but : réapprendre aux gens à aller dans un bar entre collègues sans forcément commander de l'alcool. Donner des clefs pour gérer la frustration, ou carrément la boxer hors de soi. Alors Hervé s'installait à la table d'un café avec eux, tout le monde prenait un jus de tomate et fallait que ça rentre dans la tête que c'était possible et que désormais cela devrait être comme ça.

D'ailleurs, l'aide-soignant à la blouse blanche m'apporte une carte de cocktails maison qu'il donne aux patients pour qu'ils puissent faire ça chez eux à 18 heures à la place d'un rosé :

Cocktail californien
1 verre de jus de pamplemousse
1 verre ½ de jus d'orange
½ verre de jus de citron
½ verre d'eau
3 à 4 cuillerées à soupe de sucre
Battre vigoureusement et servir très frais

Cocktail à l'espagnole
1 verre de jus d'orange
1 verre de jus d'abricot

2 c à soupe de miel
1 à 2 verres d'eau
Un peu de glace pilée
Fouetter

J'ai pas compris pourquoi celui-là s'appelait espagnol, mais c'est une bonne idée. Hervé vient de me dire qu'il ne fait pas ça pour l'argent et qu'il faut trouver la bonne distance avec les patients, ni trop loin, ni trop près. Je ne pourrai pas parler avec l'homme à la tête plongée dans son biceps, la méditation à laquelle il participe n'est pas finie, et puis de toute façon, c'est secret professionnel.

Bon, et puis j'ai aussi appris que tu m'as menti, coquin. C'est pas avec l'hôpital de jour que tu marches, toi, le lundi et le mercredi. Parce que c'est pas possible de choisir son jour, c'est soit la semaine entière pendant trois mois, soit rien du tout, ce n'est pas à la carte. Non, toi (et Korsakoff), vous êtes en hôpital de jour, oui, mais en unité psy le lundi et le mercredi. Korsakoff n'a pas sa place là où je me trouve actuellement. Ici c'est quand on n'est pas encore passé de l'autre côté de la barrière.

Hervé et sa chemise à fleurs me disent au revoir. Je remonte le couloir ponctué de radiateurs dans l'autre sens. Et avec le cadre de soins sympa, on monte en haut (nia nia nia, on peut pas monter en bas). Bienvenue en service de soins/cure pour soigner l'addictologie.

J'aurais voulu aller plus loin que la salle des infirmiers, j'aurais voulu pousser la porte d'une chambre et écrire ici à quoi ça ressemble. Si c'est aseptisé ou non, si le lit est grand, si l'armoire est bancale. Je n'ai évidemment pas pu. Un peu parce que je ne suis pas un grand écrivain, ni une journaliste d'investigation, beaucoup pour le secret médical, mais surtout parce que les patients venaient d'arriver. Et quand tu arrives ici, les premières heures, les premiers jours sont certainement plus durs qu'une vie entière. On t'enlève tes affaires et tes vêtements. On te coupe du monde. On ne te laisse pas grand-chose. Le temps de remonter lentement à la surface. Maintenant, je sais donc tout ce que tu as traversé et j'en veux encore plus aux gens qui disent que pour arrêter c'est une question de volonté.

Rêve, incertitude, café crème et la vie

Il y a mille raisons d'espérer. Boire un café crème en terrasse un 24 janvier avec un immense soleil dans la tronche à Paris en est une. En commander un deuxième en essayant de trouver l'inspiration avant qu'il soit froid en est une autre. Et puis il y a ce qui suit.

J'ai reçu une lettre ce matin. C'était pas toi. Enfin, on m'a plutôt apporté une lettre parce que je ne vais jamais chercher mon courrier à la radio. Je n'ai aucune explication à ça. On m'a donc posé cette enveloppe marron sur la table. C'est l'enveloppe marron et moche des documents chiants. Mais là, elle a quelque chose de sublime. Il y a deux timbres. À gauche et à droite des timbres, deux manchots papous dessinés au stylo et au crayon de couleur. Une banquise aussi. Il y a mon nom. Un Leray avec un y étiré à l'infini.

Et puis il y a l'expéditeur :

« Exp : Enid Blyton (!) »

Je ne comprends pas. Blyton. Celle du Club des Cinq et de Oui-Oui ? Décriée pour son simplisme dans les thèmes qu'elle aborde – et morte, accessoirement.

J'ouvre, je déchire la banquise. Il y a une page de dictionnaire intacte à l'intérieur. Et une sorte de carton d'invitation. Je reconnais les bouts de riz en photo dessus : c'est la couverture de *L'Échappée belle*. Je lis :

« Chère Olivia, vous dit-on assez souvent que vous êtes géniale ?

Non ?!

Tsk... Tsk... Quelle honte...

Moi je vous le dis, et vous devez me croire :

VOUS ÊTES GÉNIALE.

Voilà.

Je vous embrasse,

Anna. »

La page du dictionnaire, c'est la 466, tout ce qui commence par GÉN avec un accent sur le « e », mais je ne sais pas comment on le fait sur le clavier quand on écrit en majuscule.

Il y a du stylo rouge avec marqué « ça » sur les termes :

– GÉNIAL, inspiré par le génie,

– GÉNIALEMENT, de façon géniale.

– GÉNIE.

Il y a aussi du stylo rouge avec marqué « et ça aussi » sur :

– GÉNÉROSITÉ, disposition à la bienfaisance.

GÉNISSE est barré avec « pas ça » et GÉNITO-URINAIRE aussi est barré « ni ça », relatif à l'ensemble des appareils reproducteurs.

Sur cette page il est aussi question de genêt, de gens, de génétique et de gêneur. La vie, quoi.

J'ai donc reçu une page de dictionnaire accompagnée d'un mot sur un carton d'invitation pour une soirée en librairie, comme une chasse au trésor. C'est signé Anna. C'est signé Anna et derrière il y a les bouts de riz, et, en gras : « Au milieu des glouglous, du bruit et des bavardages, Anna Gavalda signera. »

Ce jour-là et depuis quelques semaines déjà, j'étais en plein dans les glouglous, le bruit et les bavardages.

J'ai compris qui c'était. Vous aussi. Enfin, je crois. Et celle qu'on a reconnue dit que je suis géniale. Elle persiste, elle signe. Et la possibilité qu'on en soit jamais sûr est incroyablement stylée. C'est ça, l'espoir.

Alors maintenant je vais me dire que contrairement à ce que je vous ai dit y'a plusieurs chapitres, ton cas est peut-être sans fin, mais pas sans espoir. Je garderai les dessins des manchots papous dans ma tête quand j'aurai l'impression de plus avoir pied.

C'est quand même pas facile de se trouver, mais tout au long de l'autoroute il y a plein de lampadaires pour te dire que t'es sur la bonne voie.

Revenir

La mouche qui se colle sur mon bras commence sérieusement à m'emmerder. Les touches du clavier sont humides et j'ai le bout des doigts moite. Je crois que je n'avais jamais écrit moite de ma vie. Mon ordinateur est posé sur les faïences d'une table en fer forgé comme maman les aime. Dessus : une bouteille d'eau, un cendrier, *Connemara* de Nicolas Mathieu. Je tourne la tête et je suis happée par la fameuse « raie du maçon » de celui qui a ceinturé son pantalon trop bas. Il a certainement une jambe plus courte que l'autre parce qu'il porte une botte avec un immense talon, il est accoudé au bar. Un serveur ramène des packs de jus de fruits. Quelques demis tombent. Un DJ tente vainement de mettre l'ambiance. Devant moi, les jets du jacuzzi qui dansent, la pluie fine tropicale et les palmiers coiffés comme quand on a une couette sur le côté. Au loin, la mer. D'un bleu qui vous fait dire que vous travaillez pour voir ça, que c'est ça la vie que vous méritez. Les vagues qui se fracassent sur la barrière de corail, et plus loin encore, le cyclone Emnati catégorie 3, qui effraie ma sœur et qui pourrait passer en catégorie 4 selon les touristes devenus spécialistes météo en un claquement de doigts. D'ailleurs ils discutent tous entre eux, clope à la main, « l'avion part demain ? est-ce que je vais l'avoir ? » « Et fait chier, on n'a qu'une semaine et ça fait déjà deux jours de niqués. » La mouche est sur mes doigts.

Je vous demande maintenant de dézoomer, OK, encore un peu plus, voilà, là ; autour de mon poignet : un ruban vert qui dit qu'ici tout est compris. Je suis sur l'île Maurice. Je ne devais pas être ici.

Capucine

C'est elle qui a m'a piqué l'ordi et qui a écrit son prénom. Capucine, ta petite fille, elle, elle devait pas être ici non plus, ma sœur avait pris des billets pour le Canada, et puis finalement le Covid a tout fermé et puis Capucine pleure quand elle est mouillée, alors un pays où il neige, c'est compliqué. Ça a donc été l'île Maurice.

Deux jours après l'arrivée et les boissons au rhum-noix de coco, la pension complète s'est donc finalement transformée en ce fameux ruban vert *all inclusive*, celui qui vous dit que y'a plus besoin de sortir les roupies, que les cocktails c'est la vie, et qu'après tout on n'en a qu'une seule. Le bracelet de celui qui est au buffet à 19 heures pile, qui se sert trop, qui dit bonjour à la table d'à côté, qui dit « à nous » en frappant les verres les uns contre les autres, qui danse dès la première chanson de Magic System, celui qui s'en fout des visites culturelles tant qu'il est hâlé au retour et qu'il peut faire rager les collègues.

L'île Maurice, je connais. Vingt ans plus tôt, pile-poil, en février, pile-poil, j'y étais. Avec toi. Avec toute la famille. Les cousins, les tantes, les oncles, les plus vieux, tous les Leray. J'avais 8 ans, papi sentait sûrement qu'il en ferait pas d'autres, des comme ça, alors il a décidé de nous payer à tous, à savoir vingt-cinq personnes, le voyage d'une vie. J'avais 8 ans, et j'ai pas grand-chose d'autre dans ma mémoire qu'une plage brûlante, des coups de soleil qui empêchent d'aller faire pipi la nuit, des Kit Kat Chuncky dans le mini-bar, une improbable sortie en bouée tractée, et moi en robe blanche qui chante Tina Arena, « Les Trois Cloches », à côté du bar principal, poussée par toi qui dis « Fais ça pour moi, Olivette » et filmée par toute la famille.

Si je ne chantais pas, tu n'étais pas heureux. C'était ta fierté. Ce que je pouvais t'offrir de plus beau. C'est vrai que je me débrouillais pas mal, maman a payé des cours particuliers pendant une dizaine d'années et vingt euros l'heure une fois par semaine c'est pas donné. T'as pas participé à ça, je ne sais plus si tu étais là quand j'ai gagné le prix du jury du concours de Porte-lès-Valence en chantant sur la grande scène en finale avec Chimène Badi dans le jury, mais c'était ta fierté.

Aujourd'hui je me suis donc dit que, comme un symbole, cet hôtel avait quelque chose à me donner. C'était poursuivre nos retrouvailles. J'ai interrogé les serveurs, ils ne se souviennent pas de nous. C'est un peu vexant, c'est clair, mais c'est totalement normal. J'ai pas reconnu grand-chose, l'aéroport non, la route jusqu'à l'hôtel, que dalle, le hall en arrivant, pfff, jamais venue. Le restaurant, vague souvenir du monsieur qui fait les omelettes le matin, l'endroit où on dort, jamais vu.

Et puis il y a eu cette allée bordée de plusieurs palmiers pour descendre aux chambres depuis le bar principal. Et là tout faisait sens. C'était là, ici même, vingt ans plus tôt.

Toi qui d'abord penses que ça va passer, « tu vas chanter, Olivette, hein », toi qui me pousses quand je dis que j'ai pas envie, « quand même, Olivette, tu peux bien faire ça pour moi steuplé », toi qui t'énerves quand j'ai l'air catégorique, « franchement c'est naze, Olivette ». Et puis moi qui y vais.

« Village. Au fond de la vallée. Comme égaré, presque ignoré. Voici qu'après plusieurs années, cœur en émoi de Jean-François, prend pour femme la douce Élise, blanche comme une fleur de rosier... Ce jour ils se sont mariés... Une cloche sonne sonne... »

Clap clap, j'étais si rouge et t'étais si fier.

Vingt ans plus tard, ce soir, avec J. on a donc décidé de déterrer ce souvenir ou de lui offrir des obsèques fabuleuses. Pour montrer qu'on est là, debout, solides, ensemble, et que les éraflures ne sont rien quand on a décidé d'en faire des bijoux indélébiles.

Alors, au même endroit, on s'est lancées. Un peu plus tard qu'il y a vingt ans, avec un peu moins de monde autour. Il a fallu mettre les paroles sur l'ordinateur parce que j'étais plus sûre de ce que disait Tina. Le micro fonctionnait un peu moins bien, ou c'est peut-être ma voix qui a pris un coup. J'avais moins de coups de soleil et je mets plus de robe blanche depuis longtemps.

Et l'intro part. J'ai pas la voix qui tremble comme il y a vingt ans. Rien à perdre, rien à prouver.

Et la cloche a sonné. Et J. est venue chanter avec moi. On était toutes les deux plantées devant le karaoké YouTube avec des montages photo dégueulasses. On était toutes les deux, contre le destin, contre les bourrasques du cyclone, contre ta maladie qui ne nous aura pas eues.

Une cloche sonne, sonne
Elle chante dans le vent
Obsédante et monotone
Elle redit aux vivants :
« Ne tremblez pas, cœurs fidèles,
Dieu vous fera signe un jour,
Vous trouverez sous son aile
Avec la vie éternelle
L'éternité de l'amour. »

J'ai décidé d'écrire

J'ai décidé d'écrire parce que j'ai arrêté de pleurer. C'était une condition absolue. Non négociable. J'ai arrêté de pleurer en parlant de mon père, j'ai arrêté de pleurer en parlant à mon père. J'ai arrêté de pleurer, de fumer, de me servir de l'alcoolisme de mon père comme d'une excuse et j'ai décidé d'écrire.

J'ai décidé d'écrire parce que j'ai posé un lapin à ma psy en février 2019. Et que forcément je n'étais pas arrivée au bout de ce que je pouvais aller chercher en moi. J'ai posé un lapin après de trop longues séances à pleurer et de nombreux retards. J'ai dit je ne peux pas demain, je vous rappelle, je n'ai absolument jamais rappelé.

J'ai commencé à « voir quelqu'un » le 28 octobre 2017 parce que je voulais réussir ma relation amoureuse. J'ai commencé avec ce message.

« Bonjour, je m'appelle Olivia, j'ai 24 ans, j'habite à côté de votre cabinet et j'ai besoin d'un rendez-vous. Avez-vous de la place la semaine prochaine ? Merci. »

Elle m'a répondu deux heures plus tard. Ce sera lundi, 14 heures. Elle a signé : Olivia. C'était aussi son prénom. Ce n'était pas une surprise, j'étais au courant. Je l'ai d'ailleurs très certainement choisie pour ça. J'ai demandé les tarifs, elle m'a dit qu'on en parlerait ensemble. Bonne soirée.

La première séance, ce n'est pas le plus dur, c'est la deuxième. C'est surtout le chemin pour aller à la deuxième séance qui est terrible. Enfin, pour moi. C'est se dire « j'y retourne ». C'est foncer dans le vif du sujet. Banco, j'avais commencé ma thérapie en parlant de ma jalousie, nous y voilà, parlons de mon père et de pourquoi ça fait mal, l'abandon.

Résultat, troisième séance, le coup du cheval qui refuse l'obstacle.

14 novembre 2017, moi à ma psy :

« Je vais avoir quatre minutes de retard, le métro s'est arrêté ! À tout de suite ! Olivia. »

Paradoxalement, les séances me font du bien. Je n'apprends pas des choses incroyables, c'est d'ailleurs ce qu'elle me dit, je suis lucide sur la situation et je sais d'où viennent les choses qui me dérangent en moi, je fais parfaitement les liens.

Le 27 novembre, je demande à décaler la séance. Je sais à ce moment-là que je suis la fille du fond de la classe à côté du radiateur, je sais que ça n'ira pas loin et que je vais pas pouvoir aller au bout, je suis la cancre du psy.

18 décembre, j'invoque un problème de travail, je dis que je vais rappeler. Ma psy me souhaite de

bonnes fêtes de fin d'année. Comme bonne résolution : je n'ai pas rappelé. J'ai fait quatre séances. J'ai posé un lapin. Bonne année. Évidemment, dans un vrai processus de thérapie, ce n'est pas comme ça qu'il faut faire. J'ai posé mes histoires comme on pose ses valises et je me suis barrée. Ce n'est pas en se déchargeant que ça marche, c'est évident.

26 octobre 2018, des mois plus tard donc :

« Bonjour Olivia, c'est Olivia. Je ne sais pas si vous vous souvenez de moi. Je vous ai consultée d'octobre à décembre dernier. J'ai un besoin urgent de vous voir. Avez-vous des dispos rapidement ? »

« Bonjour Olivia, je me rappelle de vous tout à fait. Je fais le pont, mais je peux vous recevoir entre lundi et mercredi. »

Rendez-vous donc le lundi 29 à 15 heures. Entretemps le cabinet a changé d'adresse, je ne me souviens d'aucun détail de l'ancien, je ne sais même plus à quoi il ressemble. Les rendez-vous passent jusqu'en février 2019. Là aussi à coups de retards et d'horaires modifiés.

Le 18 février 2019, je dois remplacer une collègue, j'annule la séance, cette fois plus de proposition de prochaine date de ma part. Je vous recontacte dès que possible, c'est ce que j'écris.

Elle me répond : « Je comprends vos impératifs, mais laisser un flou sans aucune date n'est pas l'idéal pour le travail thérapeutique. » Elle me propose de fixer un rendez-vous en mars.

Je n'ai plus jamais répondu. J'ai donc vu une psy, mais c'était décousu. Je me suis conduite comme une enfant qui prend quand ça l'arrange et qui s'en va quand ça lui plaît.

J'ai gardé le numéro dans mes messages, alors que je déteste avoir des numéros inconnus dans ma boîte de réception. Au cas où. (Vous avez lu « au cazou » dans votre tête, je vous vois.)

Je n'ai jamais réécrit. Alors oui, j'avais besoin de me raconter, mais pas sur un fauteuil, et avec préméditation. J'avais besoin de tout remettre à sa place, et surtout de te redonner ta place. J'avais besoin de rassembler les pièces, jusqu'à la plus noire, j'avais besoin de ce lien avec toi.

Ce livre a été ma meilleure thérapie, parce que j'en sais plus maintenant, parce que je sais exactement comment tout fonctionne, parce qu'en écrivant ça je me suis fabriqué une boîte à souvenirs avec toi. Une boîte infinie, une boîte pleine de tendresse et de moments cabossés que ni le temps ni la maladie ne pourront m'enlever.

Train Paris-Avignon, un jeudi d'avril. Il fait incroyablement beau et dans trois jours c'est ton anniversaire. J'ai réussi à dormir dans le train et à écrire quelques mots. À côté de moi, il y a un homme qui pianote sur son téléphone et fait sans cesse des allers-retours entre sa place 74 et la plateforme. Il est en train de changer de vie. Je le sais parce que j'ai réussi à me glisser cinq secondes à l'intérieur de cette vie en faisant coulisser mes yeux vers la gauche. J'ai toujours ce côté commère dans le train. Qui sont ces gens, d'où viennent-ils et où vont-ils ? Qu'est-ce qu'il écoute, lui ? Est-ce que c'est elle qui s'est fait son sandwich ? Pourquoi autorise-t-on encore les Pringles à l'oignon dans les trains ? En tout cas, lui, il est dans le train, et il va changer de vie. Messages : l'une lui dit qu'il faut régler les papiers de la garde alternée, elle espère qu'il va bien. C'est d'un commun accord. L'autre, la nouvelle, lui dit bon week-end avec un smiley bisou, lui dans ses notes, il prévoit ce qu'il lui faudra comme literie :

CHAMBRE
1 lit 240x200
1 clic-clac 180x200
LISA
1 lit 90x190

Lisa est soulignée, le 90x190 aussi. Elle va changer de vie avec un lit une place, Lisa. C'est pas la honte, les lits une place, ça marche très bien pour un nouveau départ, les lits une place. Ça me suffit.

Et maintenant ?

On est le 27 avril. J'ai 29 ans. Tu l'as oublié.

Une fois que ce chapitre sera fini, je cliquerai sur « envoyer » pour rendre ce livre. J'ai déjà écrit le dernier chapitre, comme une trêve à ma grève de la fin. Vous avez vu, beaucoup de choses ont changé, j'ai plus peur de la fin.

Ah, c'est toi. Quand même ! Tu m'as appelée à 18 heures. Tu viens de rentrer de Bégard. Rebelote. Joyeux anniversaire.

T'étais en pré-cure. Tu t'sentais fatigué, t'avais plus la force et personne pour t'aider vraiment chez les vieux. Ce n'est pas leur métier, rappelons-le…

Alors tu es retourné à Bégard, pour une nouvelle ordodanse (c'est un mélange d'ordonnance et de danse, je trouvais ça joli, mais vous avez le droit de trouver ça archi-nul).

Les médicaments t'ont flingué. T'es shooté. T'as la voix faible et ralentie. Les yeux dans le vide, même si je ne te vois pas je le sens. Tu baves quand tu manges parce que t'es à la limite de l'anesthésie. Tu ne ressens plus rien.

Pourquoi, alors que la dernière fois que je t'ai vu t'allais bien, pourquoi si forts les médicaments ? Parce que la nuit dernière tu as vu des bêtes dans ta cuisine. Des grosses bêtes méchantes même. Elles étaient deux et Dieu qu'elles t'ont fait peur. Tu savais plus où t'étais, t'as paniqué et, quand t'as raconté ça, on a dû dire il déraille faut vraiment augmenter la dose.

Il y a quelques mois je t'aurais traité de fou, de malade mental, j'aurais eu envie de te raccrocher à la gueule et de te dire démerde-toi, fous-moi la paix, va te faire soigner. Mais là je sais. Hallucination. Expériences imaginaires inventées. Korsakoff.

Quelques mois plus tard, le grand soleil d'automne et un coup de fil de cinq minutes à 14 h 19. Ta voix est fiable. Un peu enjouée.

« Allô ! Je cherche une photo de toi !

– Comment ça, une photo de moi ?

– C'est quelqu'un en bas qui me l'a demandée, une dame en bas dans le hall, elle attend une photo de toi parce que tu passes à la télé.

– Mais t'as une photo de moi chez toi ?

– Ben, évidemment, c'est l'article, là, quand tu étais avec Patrick Cohen, Pierre Lescure, Anne-Élisabeth Lemoine et tout là. »

La dernière fois, quand je suis venue chez toi, il n'y avait pas cet article. Tu l'as donc imprimé depuis.

« Bon ben voilà ils disent que tu travailles le matin, mais ça c'était avant quand tu étais à France Info, maintenant tu y es plus, hein. »

Punaise, tu t'en souviens.

« Alors écoute, là, je suis dans mon hôtel, donc j'ai retrouvé l'article, je vais leur descendre.

– Quel hôtel ?

– Ben tu sais bien, je vis dans un hôtel.

– Non, c'est pas un hôtel.

– Ben si, on a le repas du midi offert, donc c'est mon appartement mais dans un hôtel. Allez, bisous, à ce soir, à quel heure déjà ?

– Oui, si tu veux, c'est un hôtel. C'est à 19 h 45 !!

– OK, je mets la chaîne 20 à 19 h 45 !

– Non, la 21, tête de nœud, allez, bisous, va, passe une bonne journée !! »

J'étais sur mon balcon, les pommettes, le nez rouge, un coup de soleil. Celui où on a pas mis de crême parce qu'on a pensé qu'en automne il y avait moins d'UV. Je suis heureuse. Je me vois sourire. Je suis partie de tellement loin.

Et je me demande alors si j'ai envie que tout le monde sache tout ça.

J'espère qu'ils ne te jugeront pas. Je refuse qu'ils nous jugent. J'espère qu'ils auront compris ma démarche, qu'il y aura de l'indulgence, de la bienveillance, une prise de conscience, pour toi et tous les autres comme toi, comme moi. Celle qui avait peur d'être alcoolique ne l'est pas, elle en est sûre maintenant, elle sait qu'il faut être attentif, mais elle n'a plus la trouille.

Celui qui devait être alcoolique est désormais tant d'autres choses que ça.

J'espère que ce message passera. J'espère et je revois le camping de l'Artaudois, la Renault 21, je revois le chili con carne tout prêt, le micro-ondes, les canettes, les Royale menthol, les dessins en forme d'ancres qui entourent la devanture du Cyrano, et ce foutu Cyrano d'ailleurs où j'ai pas osé remettre les pieds alors que je vous l'avais un peu promis. Je te revois me dire « tarte à l'huile » pour m'dire que j'suis un peu con parfois, je revois ton écriture en italiques et ton Loto foot.

Je te revois faire la sieste en plein soleil les mains sur la cage thoracique. Je revois ma patience, ta détresse, les petites victoires, mon abnégation.

C'est comme si j'avais brodé nos souvenirs ici pour toujours.

Si tu avais été normal

Voilà. J'ai longtemps cherché une super phrase pour boucler ce livre. Une figure de style parfaite. Un zeugme. Un truc qui claque. Finalement, ce « Voilà » ne restera pas dans l'histoire comme le début de *L'Étranger* d'Albert Camus. En même temps, je vous avais prévenus, il y a 200 pages, je ne sais pas finir les choses.

Alors voilà. Avec ce livre, toutes mes cartes sont sur la table de la cuisine. Juste à côté des sacs de courses déposés à la hâte parce que « Putain j'ai envie de pisser, poussez-vous, prems ! ».

Elles sont à côté des sacs de courses, mes cartes, parce que c'est pas là que ça finit, c'est là que tout commence. C'est là qu'on est fière de n'avoir rien oublié sur la liste, là qu'on se dit « merde » parce qu'il manque la crème fraîche, là où on est pleine d'ambition pour les futurs recettes. Ce soir, c'est moussaka.

C'est aussi là où on jette ses clefs et sa carte de fidélité. Comme une libération. La table de la cuisine, c'est mieux qu'une déposition, c'est une déclaration d'amour à la suite, une déclaration qui donne faim autant qu'elle rassasie déjà. Une déclaration autodidacte.

Grâce à ces cartes sur la table de la cuisine, je sais qui je suis. Je sais qui je suis et je sais aussi qui je ne veux pas être. Mais je me demande souvent qui j'aurais été si tu avais été normal. Si j'avais eu le père au monospace. Même le père à la Fiat Multipla dégueulasse. C'est quoi, le père au monospace ? C'est le père qui en jette. Le père qui n'est pas en double file ou au fin fond du parking, mais celui qui trouve toujours la place tout près de l'école. Le père qui a l'étoffe et les épaules pour les terreurs nocturnes et les rendez-vous des grands jours.

Je me demande qui j'aurais été si j'avais eu le père de lotissement. Le père qui range le cabanon et fait le barbecue. Qui déneige devant la maison et celle des voisins. Le père des clichés. Le père qui tremble quand tu finis aux urgences.

Celui qui rentre après le travail, enfile ses pantoufles, allume la télé et dit « j'me pose deux secondes et j'arrive ».

Le père stylé aux gros bras dans lesquels on saute à la sortie de l'école. Le père qui applaudit dans les tribunes et qui pleure pour la mention au bac.

Le père dont on prend l'allure et les manières.

Je me demande qui j'aurais été si j'avais eu le père bouée de sauvetage. Le père qui sauve, qui est là au cas où, qu'on perd parfois en pleine mer, mais qui a le mérite d'exister. Je me demande si j'aurais été plus intelligente, plus belle, plus sûre de moi. Je me demande si j'aurais été épargnée par les infections urinaires à répétition et les problèmes de reins, comme si quelque chose de primaire en moi ne fonctionnait pas bien. Je me demande si j'aurais été journaliste. Si j'aurais su faire rire les gens, si j'aurais été banale, incapable, trop couvée, si j'aurais bien aimé qu'on m'appelle la fille à papa.

Au bout de vingt-neuf ans, et deux cents pages, je suis quasiment sûre que tu ne pourras pas lire ce livre, mais moi maintenant, j'ai une certitude, je suis capable d'en écrire un. J'ai pris mon rôle, je ne suis plus une victime, et j'ai trouvé le père que j'étais venue chercher. Alors si Camus commençait *L'Étranger* en disant « Aujourd'hui, maman est morte », je suis fière de finir ce livre en disant que pour moi, aujourd'hui, papa est né.

L'alcoolisme est la cause de 45 000 décès en France chaque année, directement ou indirectement.

On estime qu'il y a entre 1,5 et 2 millions d'alcoolo-dépendants. Mais on ne compte pas ceux qui sont juste à côté et qui en prennent plein la poire.

Aidez les alcooliques et ceux qui les entourent.

Source : Santé publique France (qui n'a évidemment pas écrit « qui en prennent plein la poire », ça, c'est moi).

Renseignements sur le syndrome de Korsakoff : aidons-Korsakoff@gmail.com

Merci à ma maman qui m'a soutenue quand je lui ai dit que j'écrivais un livre, mais pas sur elle, alors que je lui dois tout.

Merci à ma sœur, la plus belle personne du monde.

Merci à mon amoureux d'avoir encouragé et surtout supporté les hauts et les très bas de cette quête. Merci Isabelle, parce que j'appelais ça un truc bizarre et tu y as cru dès les premières lignes. Merci aux Jardins d'Arcadie de Perros-Guirec d'avoir accepté mon père. Merci au monsieur qui passait le rotofil en bas de chez moi tous les mardis à 15 heures, ça voulait dire que c'était l'heure d'écrire.

Merci au TGV, qui m'a souvent mise dans les carrés famille, c'est super relou, mais ça m'a inspirée.

Merci à ma prof de français du lycée, qui m'a fait comprendre que c'était pas la honte d'aimer écrire. Merci à Joël Cuoq, pour tout.

Cet ouvrage a été imprimé en France par
CPI Firmin-Didot
16 rue Firmin Didot
27650 Mesnil-sur-l'Estrée (France)

pour le compte des Éditions Fayard
en mars 2023

Photocomposition Belle Page

PAPIER À BASE DE
FIBRES CERTIFIÉES

Fayard s'engage pour
l'environnement en réduisant
l'empreinte carbone de ses livres.
Celle de cet exemplaire est de :
650 g éq. CO_2
Rendez-vous sur
www.fayard-durable.fr

Dépôt légal : mars 2023
N° d'édition : 78-1654-8/03 - N° d'impression : 174635

P. 21 et 22 et 23 / P. 31 et 32 /

FONDATION BON SAUVEUR BÉGARD (P. 47) /

KORSAKOFF P. 53 /

P. 76 (RÉSIDENCE SÉNIOR)

P. 95 (LES JARDINS D'ARCADIE)

P 99 (CHEZ LES VIEUX)

P. 109 TANGUY

P. 112 ⚠ / P. 119 /